MW01178439

Mágico Sur

Manuel Peña Muñoz

Premio Gran Angular 1997

Gran Angular

Primera edición: mayo 1998
Sexta edición: enero 2006

Dirección editorial: Elsa Aguiar
Colección coordinada por Carmen Díaz-Villarejo
Imágenes de cubierta: Jurgen Reisch-Tamara Reynolds /
   FOTOTECA STONE INTERNATIONAL
Diseño de cubierta: Estudio SM

© Manuel Peña Muñoz, 1997
© Ediciones SM, 1998
  Impresores, 15
  Urbanización Prado del Espino
  28660 Boadilla del Monte (Madrid)
  www.grupo-sm.com

CENTRO INTEGRAL DE ATENCIÓN AL CLIENTE
Tel.: 902 12 13 23
Fax: 902 24 12 22
e-mail: clientes@grupo-sm.com

ISBN: 84-348-6178-X
Depósito legal: M-1026-2006
Impreso en España / *Printed in Spain*
Gráficas Muriel, SA. - Buhigas, s/n 28903 Getafe (Madrid)

Para Elizabeth Hall,
que cortaba flores silvestres en el hotel de Cochamó,
y que ahora vive en una casa con jardín,
en las afueras de Glasgow.

PRIMERA PARTE

1 Después de un largo viaje en barco

La casa era amplia, forrada con planchas de cinc, con ventanas de guillotina y una mampara fresca con una pequeña mano cuajada de anillos para golpear. Cuando era niño me preguntaba siempre de quién sería aquella mano femenina que empuñaba una bola de metal... Cuando venían las visitas, desde las habitaciones del fondo, en el segundo piso, oíamos los golpes discretos, a los que seguía un eco lejano.

Enseguida mi madre acudía a abrir, tirando de un cordoncito blanco que bajaba puntillosamente escaleras abajo por el brillante pasamanos. Luego, comenzaba el lento subir de los invitados, siempre sonriendo y adelantando comentarios cuando se detenían en el primer descanso, donde había una gran bola lustrosa de nogal.

Mi madre siempre disponía flores allí. Eran malvones del jardín que creaban un gran efecto cuando se miraba hacia arriba y se veían duplicados en el espejo.

Recuerdo cada detalle de esa escalera: los peldaños cubiertos por una alfombra gastada, cierta fragancia de cedro y una aterciopelada frescura.

Ahora, cuando rememoro aquella casa de Valparaíso que ya no existe, me dan unos irrefrenables deseos de regresar allí otra vez para recorrer aquellos largos pasadizos encerados, entrar al salón con aquella suave luz tamizada de las cortinas corridas, contemplar el papel mural de arabesco diseño, abrir la tapa del piano y tocar aisladamente aquellas teclas amarillentas y desafinadas de color marfil.

Nada parece cambiar en el pensamiento. Allí está la casona tal como era en aquellos años, con su galería de vidrios empavonados en forma de rombos rojos y azules que miraba al mar, con sus latones que se batían con el viento norte, con un gran tragaluz que daba a un vestíbulo lleno de helechos, con sus silloncitos de mimbre antiguo y la pajarera donde cantaban los canarios flautas de color otoño...

Cuando mi madre viajó a España para hacerse cargo de aquella herencia de tierras dejada por mi abuela, la casa se cubrió de una extraña tristeza, casi de una suave melancolía, como si hubiese llovido dentro una invisible ceniza.

Tía Leticia quedó a cargo de la casa y trataba por todos los medios de que hubiese siempre calas en los jarrones, que en la mesa no faltara nunca el pan de miel de los sábados o que las catitas australianas tuviesen siempre alpiste en la pajarera. Pero nada era igual... Durante esos meses de ausencia, casi nadie vino a visitarnos, como no fueran las amistades de la parroquia. Los días transcurrieron monótonos y sin sentido, muy parecidos unos a otros.

Al cerrar la tostaduría de la planta baja, subíamos con mi padre a sentarnos en el sofá de cretona por el simple placer de estar juntos, mientras tía Leticia guardaba discretamente la ropa recién planchada en los cajones de la cómoda fragantes a espliego y membrillo. Con papá nos gustaba estar allí, en la semipenumbra tibia del salón, bajo la lámpara de pergamino, escuchando pasodobles y repasando aquellas cartas de mamá escritas en hojas azul celeste con su impecable caligrafía un poco inclinada, como si las letras estuviesen mirando de lado.

En aquellas pulcras esquelas nos refería la vida en la pequeña aldea castellana cuyas casas tenían balcones asomados al río Duero. Nada había cambiado después de tantos años de ausencia. Mis tíos estaban en el campo cosechando aceitunas, que se habían dado mejor que en años anteriores. Habían vendido bien el aceite de oliva y —aprovechando su visita— le pidieron que fuese madrina de una joven en su boda con un campesino negro venido de las colonias portuguesas en África.

Desde la ventana de la casa de mi abuela se divisaba Mogadouro, un pequeño pueblo portugués donde mis tíos iban a comprar sábanas afraneladas, colchas artesanales tejidas con trapos viejos de colores y toallas de baño en tonalidad azafrán.

Mi padre me mostraba Fermoselle en el mapa del comedor y ante mi mente se agrandaba ese puntito negro frente a Portugal. Yo veía que ese diminuto lunar casi imperceptible tomaba formas caprichosas y podía ver claramente el puente románico y el castillo derruido, como si mirase a través de un ojo invisible. Allí, en esa zona parda, sin nombre, pura extensión en el mar de hule, estaba el pueblo con sus casas de piedra y su iglesia coronada por un nido de cigüeñas, tal como yo la había visto en unas tarjetas postales descoloridas que atesoraba tía Leticia en el baúl.

A mi padre siempre le gustaba hablar de su pueblo fronterizo. Había conocido allí a mamá siendo niña, cuando iban a merendar almendras y tortilla al río. Una vez encontraron una caverna con un astrolabio y unas babuchas del tiempo de los árabes. Cada cierto tiempo mencionaban alegremente ese episodio dándole distintas interpretaciones. Después mi padre se vino a Chile para trabajar con su hermano mayor en la tostaduría del cerro Alegre de Valparaíso.

Pero tío Jesús tuvo que regresar a España porque en Chile se vio afectado por una soriasis que le impedía atender el negocio. Decían que allá había remedios apropiados. Se equivocaban amargamente porque, al poco de llegar a Zamora, unos médicos del Hospital de Nuestra Señora de la Bandera le pidieron que encargase a Chile hojas de boldo. Puestas a hervir, soltaban un caldo espeso que, mezclado con azúcar y bebido en ayunas, tenía la propiedad de sanar aquella enfermedad de la piel.

Tío Jesús nunca regresó. Pero, entusiasmados por los relatos del viejo puerto en la cima de la prosperidad, se vinieron tía Leticia y tío Constante —junto con mi madre recién casada por poderes— embarcados en un buque de gallegos que los iba repartiendo por los mares sudamericanos.

Sin embargo, la experiencia de mis tíos fue diferente a la de mis papás, porque les fue más difícil acostumbrarse y siempre se sintieron extranjeros. Jamás se casaron, y muchas personas pensaban que eran esposos porque andaban siempre juntos en las fiestas de la colonia.

Tío Constante tenía mal carácter. Papá lo soportaba sólo porque eran hermanos, pero nunca se llevaron bien. Severo y de rostro adusto, era un solterón de pocas palabras. No salía con nadie y vivía en la casa de una familia que alojaba a otros españoles pensionistas. Lo apodaban *El Peines* por su cabello siempre desordenado. Nunca había querido vivir con nosotros, pese a que nuestra casa era grande. Por lo demás, mi madre no lo hubiera consentido porque siempre había roces entre ellos. Recuerdo que cuando mamá bajaba ocasionalmente al negocio, mi tío Constante se iba a atender a los clientes al otro lado del mostrador.

Tía Leticia también vivía sola en una residencial del puerto. Pero a veces se quedaba a dormir en nuestra casa. Era una mujer extraña, pálida, muy enfermiza y de ideas demasiado originales. Quería imponer su criterio en el negocio, pero papá no la dejaba. Por las tardes, cuando mamá bajaba a la tostaduría o iba a sus ensayos teatrales, la tía se encerraba en la cocina a preparar salsas de tomate que luego embotellaba para vender en la tienda. Otras veces trataba de hacer negocio con ideas descabelladas como preparar jabón casero hirviendo huesos que iba a comprar al matadero. En una olla inmensa, en el fondo del patio, como una bruja, revolvía aquel líquido espeso que luego vertía en unos moldes de madera. Cuando aquella pasta se enfriaba, iba sacando las pastillas de jabón. Pero lo cierto es que nadie las compraba y los clientes preferían las de marca tradicional.

Casi toda la colonia española acudía a comprar a *La Leona de Castilla* porque además de la harina tostada, las aceitunas de Azapa y las nueces de primera clase, se habían especializado en quesos mantecosos, polvorones de Antequera, almendras garrapiñadas y turrones de Alicante, que vendían en Navidad. Recuerdo claramente una caja grande de color verde, como de sombrero antiguo, en cuyo interior dormía agazapada una anguila de mazapán con ojos de vidrio...

En ese tiempo difícil, cuando nos quedamos solos con papá, escuchando la radio sobre la mesa revuelta de facturas, recordábamos siempre a mamá. Aunque había días en que ni siquiera la mencionábamos, ambos sabíamos que estábamos pensando en ella. Su presencia nos hacía falta.

Por eso, cuando leíamos aquellas cartas, nos parecía que la convocábamos y que estaba allí, esa tarde, con nosotros.

Habían transcurrido ya varios meses desde su viaje en barco. Por suerte, ya había arreglado todas las particiones, visitado a amistades y vendido su parte a mis tíos, ansiosos por tener esas tierras fértiles para la mies que daban al río.

A pesar de ser española y de encontrarse otra vez entre los suyos, nos extrañaba y pronto iba a regresar nuevamente para llenar la casa con su alegría tierna y natural. Una tras otra, transcurrieron aquellas misivas descoloridas, hasta que, por fin, llegó aquella en la que anunciaba su regreso. La recibió mi padre un sábado, cuando los empleados del negocio estaban cerrando las grandes cortinas metálicas y yo estaba con él, detrás del mostrador, ayudándole a arreglar una balanza. El cartero le entregó aquel sobre maravillosamente salpicado de sellos con los escudos de las provincias de España. Ya sabíamos que ésa era la carta decisiva. Y antes de que la abriera, me dijo simplemente: «Llega tu madre».

El tiempo que siguió fue de preparativos. Había en el aire una especie de ansiedad semejante a los días que preceden a un temporal. Hasta mi padre estaba más contento, hasta tal punto que sacó el violín del estuche y se puso a tocar *La Maja y el Ruiseñor,* de Enrique Granados, que me gustaba mucho. Por fin, la noche de la víspera había llegado. La casa estaba dispuesta para recibir otra vez a mi madre, con el piso reluciente, los crisantemos en el descansillo de la escalera y aquel aroma a viento salino que procedía del mar.

Dormimos nerviosamente con un sueño ligero. A la mañana siguiente nos levantamos con una alegría inusual. A cada instante nos asomábamos a los balcones para atisbar el horizonte a ver si veíamos aparecer el *Reina del Pacífico*. Sí. Allá lejos se veía. Era apenas una silueta difuminada entre la niebla. No nos cabía duda. La nave venía avanzando silenciosamente proa al puerto.

Mi padre me echó una gota de *Varon Dandy* en mi pañuelo, me lo colocó en el bolsillo superior de la chaqueta y me acarició la cabeza con un gesto amistoso.

Desde el balcón del dormitorio, antes de salir, pudimos ver cómo el buque entraba en la bahía. Allá abajo estaba, con sus tres chimeneas y sus amplias cubiertas, blanco e imponente en medio de los remolcadores.

Cuando llegaban a puerto los barcos de esa compañía naviera, era un verdadero acontecimiento. Todos los muchachos nos asomábamos a los altos miradores de los cerros para contemplar, aunque fuese de lejos, la llegada de aquellas magníficas naves de pasajeros que procedían de Europa. Después, por las tardes, en vez de elevar volantines o de jugar al trompo, bajábamos al parque para ver pasear a nobles austríacos o a baronesas riquísimas con abrigos de piel de nutria que se quedaban extasiadas escuchando tocar al organillero de todos los días *Violetas para ti*.

Una vez, un alemán le compró la mona al organillero. Se la llevó atada a una cuerda. La mona chillaba con su vestido floreado mientras el hombre contaba los billetes. Días más tarde lo volvimos a ver muy triste sentado en un escaño del parque.

—No debí haberla vendido —dijo.

La llegada del barco más elegante de Inglaterra resultaba esa mañana de primavera doblemente emocionante porque pronto veríamos a mamá en medio de esos rostros sabiamente maquillados con polvos del Harem compactos.

En medio de la muchedumbre tratamos de avistarla. Allá en la cubierta se asomaban ya los pasajeros haciendo señas y hablando a gritos con los familiares que estaban en el muelle. Nosotros tratamos de adivinar dónde estaba, buscamos su sonrisa tratando de evocarla como era, con su aire elegante y su acento español que no perdió nunca. Llevaba en el porte o en la apostura el estilo de ese pueblo español perdido en la provincia de Zamora.

En una vieja fotografía enmarcada en el pasillo se veía el pueblo antiquísimo con viñas y callejuelas empedradas por donde iban los campesinos en mula. Mi padre muchas veces se quedaba contemplando esa fotografía y recordaba cuando también él iba camino a una huerta a regar las lechugas o a cosechar pimentones antes de venirse a Chile.

Allá, en la baranda del buque, estaba mamá haciéndonos señas. Ya la habíamos reconocido. Tenía todo ese aire español tan característico de las Damas de la Colonia, pero además se destacaba en ella un aire ligeramente teatral aprendido en sus actuaciones en el Club Español. No hacía un año que la habíamos aplaudido en *La Dama Boba,* de Lope de Vega, y cuando murió mi abuela en España, estaban ensayando *La Verbena de la Paloma.* Lástima que no llegó a actuar en ella, y la señora Antonia Colmenar, de la panadería *La Burgalesa,* tuvo que reemplazarla en el papel de Susana.

Mi madre era muy alegre y en casa siempre ponía discos de zarzuela y cantaba trozos de *La Revoltosa* o de *La Corte del Faraón.* Por eso no nos sorprendía verla deslumbrantemente vistosa en la cubierta del barco, con sus labios pintados y sus ojos de un indescriptible tono violeta. Acaso traía cierta fragancia nueva y diferente. Lo presentíamos así cuando la vimos descender por la pasarela cargada de paquetes de regalo y ataviada con un sombrero de alas anchas.

Ahora que escribo en este cuaderno de tapas negras, me parece que la veo otra vez abrazando a papá y después a mí, fragante a *Flores de Pravia*, sonriendo con esa expresión que la caracterizaba.

Papá estaba feliz de tenerla otra vez con nosotros. La casa iba a estar completa. Ella iba a llenar nuestro mundo como una música hermosa. La íbamos a ver otra vez sentada al piano cantando coplas castellanas, tocando dúos de piano y violín con mi padre o preparando en la cocina rosquillas de anís.

Acomodamos las valijas en el *Chevrolet* rojo y nos dirigimos a casa subiendo por la pendiente del cerro, serpenteando entre calles adoquinadas. Mi madre iba hablando alegremente, comentando la travesía y diciendo que estaba feliz de regresar. Había entablado amistad con un matrimonio de Toledo que venía a ver a unos parientes de Peñablanca.

El viaje había sido espléndido, salvo en Guayaquil, donde hubo marejada y se mareó un poco, pero en El Callao casi no se movió el buque. Una noche incluso cantó en el comedor «De España vengo», de la zarzuela *El Niño Judío*, a petición de unos conocidos que la oyeron tocar el piano en la sala de música...

Todo le parecía nuevo y miraba las casas victorianas por la ventanilla como si fuera la primera vez que estuviese en

Valparaíso, sorprendiéndose al ver las jaulas de canarios colgadas de los balcones o a un niño que vendía leche de burra en la plazoleta de los Catorce Asientos.

Al bajarnos, salieron a saludar los tíos y los empleados, que ayudaron a subir el equipaje. Cuando cerraron las cortinas metálicas a la hora del almuerzo, subieron mis tíos para tener noticias directas de Fermoselle. La tía Leticia sirvió un aperitivo con jerez, tortilla española, jamón serrano, aceitunas sevillanas, calamares y chorizo riojano. Hasta tío Constante estaba de buen humor. Acaso se sentía transportado a España al sentir aquellas fragancias que venían de lejos...

Almorzamos juntos alrededor de una mesa arreglada con el mantel de las visitas. Después del postre, mis tíos bajaron otra vez a la tostaduría y mi padre se quedó con nosotros. Al momento nos reunimos todos en el dormitorio para abrir maletas, desenvolver paquetes y preguntar por los parientes lejanos.

Todos se encontraban bien y enviaban cariños y regalos. En especial mis tíos paternos, a quienes yo sólo conocía por fotografías, excepto a tío Jesús, que había sido especialmente afectuoso conmigo cuando vivía en Chile, al igual que tía Esmeralda. Ahora en aquellas fotos se veía más viejo, ya curado de su soriasis y con esa inefable expresión de sorpresa que tuvo siempre, como si no se convenciese de su increíble destino de viajero impenitente.

Por fin, después de vaciar las maletas, mi madre abrió el pesado baúl. Comenzaron a aparecer vestidos envueltos en papel de arroz, un mantón de Manila para las funciones de teatro, toreritos de cristal con perfume, castañuelas, una Biblia para mi tía Leticia, una boina vasca Elósegui para mi tío Constante, barajas maravillosas para jugar a la brisca, botijos, una pipa de *La Mansión del Fumador,* camisas de seda a listas y libros de epopeyas españolas para mí.

De pronto, mi madre recordó algo. Miró en el fondo del baúl y sacó un paquete envuelto en papel azul. Era una caja mediana, como de calzado, pero un tanto pesada. No sabía qué contenía, pero se la había entregado una amiga de la infancia para que se la llevara personalmente a su hermano que vivía en el sur de Chile.

—A Celestino Montes de Oca —dijo.

Y aquel nombre sonó en mi casa como una campana.

Mi padre quedó sorprendido... Habían sido amigos en el pueblo... Aunque Celestino era mayor que él, recordaba que iban a pasear los sábados a los soportales de la plaza de Salamanca a buscar novias y muchas veces fueron a cazar perdices a la sierra de San Isidro y jugaron al dominó...

—Sonsoles te recuerda mucho —dijo mi madre sosteniendo la caja en las manos como si se tratase de un tesoro—. Me preguntó que cuándo vamos a ir los tres, con el niño, pero les he dicho que será difícil.

—¿Y piensas llevarle esa caja a Celestino? —preguntó mi padre, estupefacto.

Mi madre estaba también un poco desconcertada. Era cierto que era un locura, ¡hacer un viaje después de ese viaje!, pero Sonsoles se lo había pedido como un favor especial... Allá en el pueblo pensaban que una vez en América, ya era fácil visitarse unos con otros.

—Me dio la dirección. Vive en un pueblo en el estuario de Reloncaví —dijo mi madre—. En fin, ya lo pensaremos —agregó con un suspiro mientras depositaba aquella caja sobre la cómoda, como sobre un altar...

A partir de ese momento los días empezaron a sucederse extrañamente lentos, monótonos, con un débil sol mortecino, que iluminaba apenas los cerros. Días en los que no había nada que hacer salvo estar con mamá mirando las fotografías que se habían sacado en la plaza con mis tíos.

—Ésta es la casa de tu abuela —decía—. Tiene un túnel que comunica con el castillo de doña Urraca. Dicen que debajo del tercer escalón que baja a la bodega hay enterrado un tesoro. Pero lo cierto es que nadie ha encontrado nada. Y éste es hermano de tu padre. Es herrero.

A veces bajábamos a la tostaduría para acompañar a papá. Entonces el tema de las conversaciones era recurrente: España. Se hablaba del pueblo, de las tierras, de las viñas..., mientras por la puerta principal del negocio, entre trombas de viento, se atisbaba una porción de mar.

Nadie sabía por qué, pero mi madre estaba intranquila desde que llegó de España. Era como si su cuerpo estuviese con nosotros, pero no su espíritu, como si nunca hubiera vuelto.

—¿No vas a ir a los ensayos de zarzuela? —le preguntó una vez mi padre, visiblemente confundido porque en vez de reunirse con las amigas españolas, permanecía tardes enteras en casa mirando fotos de cuando vivía en España.

—Me aburrió el teatro —le respondió.

A veces era caprichosa. Tenía gestos de altivez. No sé por qué, pero tenía gran seguridad en sí misma. Sabía que podía tomar decisiones en forma independiente y que podía encontrar un camino propio. Esta arrogancia era constantemente un motivo de discusión en casa.

—¿Qué estás buscando? —le preguntó mi padre una noche al llegar del negocio y verla examinando con una lupa no el mapa de España precisamente, sino el de Chile que había extendido sobre la mesa. Ella, sin levantar la vista, exclamó:

—Las Perdices. Un pueblo en el interior del estuario de Reloncaví.

Mi padre se acercó y la ayudó a buscar, pero era evidente: el pueblo no estaba.

—Por lo menos Fermoselle figura en el mapa —dijo papá, un tanto molesto.

—Yo voy a ir a ese estuario —exclamó mamá. Y luego, guiñándome un ojo con una sonrisa cómplice, agregó—: Y voy a ir con Víctor Manuel.

Desde luego, mi padre estaba en desacuerdo, pero era muy difícil tratar de disuadir a mamá cuando en su mente tenía una obsesión.

Por fin llegó el día de la partida en medio de un nuevo nerviosismo de maletas. Mi padre dejó a mis tíos a cargo de la tostaduría y subió al segundo piso por la escalera interna que comunicaba la bodega donde estaban los sacos de trigo con el comedor. Una compuerta disimulada junto a la alfombra se abrió y por la abertura asomó mi padre, irrumpiendo como si fuese una aparición. Vestía la chaqueta de tocuyo color barquillo que usaba para estar en el negocio. Juguetón, de temperamento alegre y nervioso, con sus ojos que bailoteaban detrás de las lentes de montura de oro, caía a veces en estados de misteriosa melancolía. Acaso recordaba los paseos por los campos de cebada en Fermoselle, el chocolate con churros en las mañanas de invierno o los veranos cálidos con los amigos en el río bebiendo sangría o limonada fría en el casino donde iba por las tardes a jugar al mus.

Esta vez, al aparecer por el piso como un mago, directamente del almacén al comedor, ciñendo su boina, traía esa expresión secreta que yo le vislumbraba a veces cuando leía cartas de España o cuando hojeaba las enciclopedias encuadernadas en piel y hacía anotaciones en una libreta, copiando listas de cereales de las provincias de España o palabras difíciles para sus crucigramas.

—Me vas a dejar solo, otra vez, Estrella —dijo entre sonriendo y pensativo, como haciendo una broma que tenía un fondo de verdad. Trataba tal vez de aligerar el momento de la despedida, pero se le notaba algo así como un temblor en la voz.

Mi madre, pese al calor del verano porteño, se echó sobre los hombros un abrigo de piel.

—En el sur nunca se sabe con el tiempo —dijo, tratando de que la despedida fuese lo más natural posible y restando importancia al hecho de que, otra vez, lo iba a dejar solo. Afuera, el viento de enero hacía retumbar los latones del techo y levantaba remolinos en las calles. Las ventanas de guillotina se remecían también con ese ventarrón cálido que a veces soplaba furioso por las calles de los cerros y levantaba pétalos descascarados como cenizas de incendio.

Y así, sin saber el destino ni la ruta verdadera que nos aguardaba, descendimos aquellas escaleras y fuimos a la tostaduría a despedirnos de los tíos. Ellos salieron y quedaron en la esquina, perdidos en medio del viento, haciéndonos señas.

La camioneta dio una curva y, desde ese momento, el viaje tomó un curso extraño, teñido de un color que no existe en las acuarelas.

2 La partida

TRAS las despedidas en la estación, subimos a nuestro vagón mientras decíamos adiós a papá, que, de pie en medio del andén, tenía una expresión de indefinible tristeza.

—Cuida a tu madre —me dijo simplemente.

Por aquel entonces, yo acababa de cumplir catorce años y me sentía feliz de hacer un viaje a un insólito rincón del mundo. Al menos, así me parecía a mí, que nunca había salido de Valparaíso.

Cuando *La Serpiente de Oro* partió, papá se quedó haciéndonos señas. Pronto íbamos surcando pequeñas playas solitarias, una piscina de otro tiempo y aquellos roquedales donde los artistas iban siempre a pintar las olas.

En esos instantes, ya papá habría regresado al negocio y estaría allí, detrás del mostrador de mármol donde permanecía tardes enteras, manos atrás, aguardando la llegada de los clientes o conversando con monosílabos con tío Constante.

Sobre el mesón se paseaba el gato romano. Otras veces se lamía junto a la balanza de bronce o miraba los pescaditos de dulce en el interior del frasco de cristal. Los vecinos lo acariciaban un momento y luego, cuando había poca clientela, entablaban amables conversaciones con mi padre que, a veces, por matar el tiempo, recortaba etiquetas de cartulina en zigzag a las que el empleado nuevo pintaba después precios reajustados en cifras góticas.

Nosotros, entretanto, ya contemplábamos los últimos paisajes marinos al otro lado de la ventanilla. Las casas se ordenaban silenciosas con sus jardines mojados a lo largo de la línea férrea. Pasaban raudas, como en una película muda, las casonas de los ingleses con glorietas para el té y las viejas palmeras del parque donde íbamos a cazar mariposas con papá y a dar de comer a los cisnes. ¡Era tan extraña esa sensación de distanciamiento, como si fuera difícil el despego de las cosas amadas!

Luego venía una hilera de cerros cenicientos con aromos encendidos y, de vez en cuando, casas perdidas con enredaderas de flor de la pluma junto a las estaciones. Mamá contemplaba en silencio el paisaje, aferrada a la caja azul que no había querido poner en las maletas. Así le parecía que se conectaba secretamente con el pueblo en donde había nacido.

A veces, me miraba y sonreía con extraña dulzura, mientras fuera pasaban como fantasmas las pérgolas de Quilpué, los eucaliptos polvorientos, los molinos de Villa Alemana y las lomas suaves con esteros y boldos centenarios.

Ahora *La Serpiente de Oro* trazaba una curva pronunciada en un paisaje de espinos, algarrobos y casas campestres con gallineros en las faldas de los cerros. Era el momento de pasar al coche comedor. Alto, con pequeños vitrales de colores cerca de las lámparas de bronce y enteramente recubierto de láminas de nogal, el vagón ostentaba un conjunto de mesas alineadas a lo largo del pasillo con prolijos manteles blancos planchados. Nosotros nos sentamos y pedimos el menú, pero mi madre prácticamente no probó los platos.

De pronto, el paisaje cambió. Ya no se veían los parrones de las quintas ni los cipreses azules de las capillas, sino el monte abrupto con los rebaños de cabras en un paisaje desolador sembrado de cactus. Veíamos las tunas cargadas y los ciruelos en la lejanía de Til Til. Los rostros se iban haciendo más morenos y había algo indefinible que nos comunicaba más violencia, acaso era la agresividad de un horizonte menos amable, acaso la luz más cruda que aquella otra que dejábamos atrás, siempre tamizada por una suave neblina cerca del mar.

3 En casa de las hermanas Troncoso

Aʟ llegar a la estación Mapocho, en medio de los pitidos y del estrépito convulsionado de las locomotoras, vimos a la señora Eglaé Troncoso, que nos había ido a buscar. Amiga de mamá, de cuando también vivía en Valparaíso, clientas de la misma modista y con vagas reminiscencias españolas —unos parientes en Álava que siempre sacaba a relucir—, la señora Eglaé era una mujer condescendiente y vivaz, de edad indefinible e intensamente perfumada con extracto de clavel. Había recibido la carta de mamá y con mucho gusto aceptaba hospedarnos en su casa santiaguina antes de volver a viajar en el automotor del sur.

Después de cruzar distintos barrios de Santiago en el automóvil de la señora Eglaé, llegamos al barrio de Macul, donde vivía con su hermana Corina en una casa rodeada de inmensos árboles. El salón principal estaba repleto de muebles vetustos y repisas atiborradas de figuritas y retratos de su marido, el famoso político Kurt Kordon, hijo de alemanes, diputado de Melipeuco hace muchos años, que se había dado a conocer en el sur luchando por los indígenas, una causa que, según las propias palabras de la viuda, estaba «absolutamente perdida».

En el segundo piso, con vista a la parte posterior del jardín, la señorita Corina ocupaba la sección más iluminada de la casa. Allí pintaba ilustraciones para revistas de moda y portadas para la editorial Pimpinella. Más bien apagada de carácter, introvertida, religiosa, muy delgada y de labios finos, la señorita Corina era muy diferente a su hermana. Parecía como si, junto a ella, se apabullara o como si se hubiera anulado su personalidad y ahora no fuese más que una sombra difusa de lo que alguna vez había sido. Ahí estaba ella, un poco huraña, encerrada con sus gatos en su *atelier,* como denominaba su rincón abierto a la fuente del Ángel de la Guarda.

La señora Eglaé nos hizo pasar a una habitación espaciosa, repleta de antigüedades coloniales y objetos de plata, que tenía dos históricas camas con dosel. Según ella, en esas *cujas* —como las llamaba— habían dormido unos primos lejanos del General Bulnes, parientes de ella.

—Hacía muchos años que no venía a Santiago —exclamó mi madre, pasando su vista por aquellas paredes tapizadas de cuadros y medallones de familias distinguidas y lejanas.

La señora Eglaé se dejó caer sobre un sillón.

—¿Y por qué el sur, Estrella?

Mi madre le explicó el motivo y dejó profundamente sorprendida a la señora Eglaé cuando se enteró de que viajábamos al estuario de Reloncaví a llevar una caja cuyo contenido ignorábamos. Por otro lado, consideró injusto que mi madre hubiese abandonado otra vez a mi padre. Ese impulso era característico y muy suyo. Según ella, mi madre siempre tuvo una extraña ansiedad viajera, como si con los viajes saliese esperanzada o huyendo a encontrar algo que nunca tuvo al lado de mi padre.

—En eso te pareces a la emperatriz Sissí —dijo la señora Eglaé—. Tenía un destino errante y no cesaba de viajar. Los viajes la calmaban de una secreta y constante zozobra. Eran para ella purificación y huida.

Mi madre se quedó pensativa un momento. Luego señaló nostálgica:

—Todas las muchachas del pueblo estábamos enamoradas de Celestino Montes de Oca antes de que se viniera a Chile. Era como un líder. Tan alto, tan seguro de sí mismo y el mayor de todos los hermanos. Lo último que supimos de él era que estaba trabajando en Iquique en un emporio de unos santanderinos. Pero, según me contó Sonsoles, ahora se encuentra en Las Perdices, un pueblo perdido en el sur. Yo le escribí una carta al estuario diciéndole que viajaba, pero lo cierto es que nunca recibí respuesta.

La señorita Corina irrumpió en la habitación con una bandeja de refrescos. Afuera se sentía el campanillear de los últimos tranvías y el viento que jugueteaba con las ramas del jacarandá haciendo sonar las semillas como si fueran diminutas castañuelas.

Por la noche, después de acomodar la ropa, de verificar la hora de partida del tren y de ponernos al día con las respectivas vidas individuales, bajamos al jardín donde la señorita Corina tenía preparada la cena bajo las inmensas acacias del patio. La noche estaba calurosa y se oía el crepitar de las hojas cimbrándose con la brisa. A veces, se escuchaba el canto de las chicharras o de los muchachos que pasaban por la calle, al otro lado de la verja tapizada por una enredadera que, según la señora Eglaé, se llamaba «enamorada del muro».

Durante la cena, era agradable el entrechocar de las altas copas de cristal. Todo era amabilidad y sonrisas discretas mientras las hermanas nos ofrecían las distintas fuentes espléndidamente decoradas.

—Hay una cosa que no entiendo, Estrella —insistió la señora Eglaé a los postres, cortando con la cucharilla una papaya en almíbar—. ¿Por qué te arriesgas a ir al sur... ¡tan lejos!, a llevar una caja que ni siquiera sabes qué contiene?

Mi madre sonrió con una mirada lejana. Cada vez que le mencionaban aquella caja sentía una profunda nostalgia. Era como si en ese último viaje se hubiese reencontrado con algo muy especial o como si se hubiese despertado en ella un recuerdo hermoso.

—No sé, Eglaé. Ahora que fui a España sentí que volvía a ser niña otra vez al reencontrarme con aquellas amigas a quienes no veía desde hacía tantos años. Y para mí, Celestino Montes de Oca representa la juventud, el primer enamoramiento...

—Son romanticismos, Estrella.

La señorita Corina no se explicaba que mi madre viajara al sur del mundo sin tener contacto con la persona a quien íbamos a visitar. Por lo demás, corríamos el riesgo de que ese señor Montes de Oca no estuviera allí. Según ella, mi madre no debía ser tan confiada. Casos conocía que confirmaban la idea de que no era conveniente viajar desconociendo el contenido de una caja.

Con muchos ademanes, contó que, en Valparaíso, donde vivían de niñas, unos vecinos se mudaron de casa y le confiaron a la bisabuela una caja que pasarían a retirar dentro de unos días. Pasó el tiempo y los vecinos no volvieron. Entonces, la caja —que era de madera de palisandro con incrustaciones de piedras preciosas— empezó a ejercer una extraña influencia en la casa. Empezaron todos a pelearse unos con otros. Los objetos cambiaban solos de lugar. A veces, una copa se desplazaba apenas unos centímetros en la mesa sin que nadie la moviera. Todos estaban atónitos.

Incluso en las noches, se escuchaban golpes en el interior. Un día, decidieron abrirla probando distintas llaves. Por fin, una de ellas servía. La abrieron y descubrieron con horror que dentro había un cráneo humano. A los pocos días volvieron los vecinos y la bisabuela les entregó la caja pero no les dijo que la habían abierto. No pasó mucho tiempo sin que los fenómenos extraños cesaran. Los enemistados se reconciliaron y los objetos nunca más se movieron solos. Claro que nunca más supieron de aquellos vecinos...

—Yo creo, Estrella, que deberías abrirla —concluyó la señorita Corina—. No vaya a ser que te lleves una sorpresa desagradable.

Mi madre se quedó un instante pensativa y luego desarmó las incertidumbres de las hermanas Troncoso:

—Yo conozco a Sonsoles, Corina. Además, ¿para qué puede querer Celestino una calavera española?

La señora Eglaé se echó a reír con su carcajada nerviosa, sirviéndose después más menta glacial. Luego dijo:

—Mira, Estrella, ya que estás decidida, voy a darte un consejo. El estuario de Reloncaví queda bastante lejos. Lo conozco muy bien, de una vez cuando lo remontamos con Kurt. Se interna desde Puerto Montt hasta la misma cordillera. Es un brazo de mar como una culebra que penetrara tierra adentro.

La señora Eglaé trajo de su escritorio un mapa de la zona sur que desenrolló ante nuestra vista. Con su largo dedo índice rematado por una uña roja, nos iba mostrando los puntos por donde íbamos a viajar... Allí estaba Angelmó, donde debíamos tomar un barquito hasta Las Perdices... Según sus conocimientos, ese viaje duraba casi un día. Se iban haciendo diferentes paradas para que los lugareños bajaran con sus víveres a los pequeños puertos: Río Puelo, Lleguepe... Los Ladrillos...

—Mira, aquí está el volcán Yates —exclamó la señora Eglaé señalando un punto con un palillo chino—. Y aquí, al final, está Las Perdices. Creo que es conveniente que pernoctes antes en Puerto Montt y salgas al día siguiente del embarcadero. El viaje es largo, Estrella.

—No pensé que fuera tan lejos —exclamó mi madre, preocupada por primera vez.

Se veía que la señora Eglaé era experta en la zona. Llegó a conocer prácticamente todo el sur explorando el mundo indígena con su marido. Aunque en realidad, Kurt Kordon fue siempre un incomprendido. Incluso los propios alemanes del *Deutsche Verein* de Puerto Varas le hacían el vacío o le decían que estaba perdiendo el tiempo. Finalmente, desistió de la causa porque ni siquiera los araucanos lo comprendieron. Después de muchos inconvenientes, se fueron a vivir a Santiago, pero también fue un problema adaptarse a la capital porque las costumbres eran muy diferentes a las sureñas.

—Un alemán del sur no se adapta rápidamente a Santiago. Créemelo, Estrella. A mí, la capital tampoco me ha gustado nunca...

La señora Eglaé hablaba como transfigurada, como si en ese monólogo pusiese algo de su propia vida.

—Si te digo todo esto, Estrella, es para que veas que no todo se me ha dado fácil. Kurt tenía obsesión con los indios de Pitrufquén y allá volvió muchas veces... En un fundo de alemanes conoció a Karl Heinz Jugendbloedt, descendiente de colonos y chiflado como él por las cuestiones indígenas. Si te hablo de él, es para recomendarte que pernocten en su hostería de Puerto Montt antes de embarcar. El viaje desde Santiago es largo. Toda una noche en tren. Al día siguiente se llega a las cinco de la tarde. Si vas de parte nuestra, Karl Heinz puede recibiros en su residencial.

Mi madre empezó a sentirse intranquila. Tal vez nunca pensó que Las Perdices estuviera tan lejos. Nos parecía que era cosa de llegar a Puerto Montt y viajar luego en un autobús rural a ese diminuto pueblo para entregar el encargo, conversar con Celestino Montes de Oca y regresarnos el mismo día. Pero tal como nos advertía la señora Eglaé, el viaje al sur se avecinaba mucho más complicado de como lo teníamos previsto.

Al fin, después del café, cuando pasamos al salón, la señora Eglaé, acaso pensativa y amodorrada por el efecto del champán del aperitivo, del vino tinto de la cena bajo los quitasoles a listas, del bajativo de color verde intenso, tal vez agobiada por los recuerdos, avivados por el alcohol, abrió su corazón y habló de su soledad y de cómo debía enfrentar su vida ahora, rodeada de polvorientos recuerdos, con retratos de su marido por toda la casa y con una hermana artista que alternaba su vida entre los pinceles de pelo de marta y las partituras de piano con carátulas de mujeres de cabelleras enmarañadas con flores.

Yo, cansado de aquellas conversaciones, subí al dormitorio por la escalera alfombrada. Elegí la cama que estaba junto al ventanal para contemplar a través de los cortinajes la luna llena y la gorgoteante fuente del ángel de mármol traído de París. Y mientras me quedaba dormido, sentí abajo, en la salita de música, vagamente, las voces de las mujeres y luego, después de un silencio, los arpegios rítmicos, serenos, en el piano, de un viejo vals de amor.

4 Un viaje en ferrocarril

AL día siguiente, en medio del ruido confuso de la estación encristalada y faroles de color añil, la señora Eglaé se despidió de nosotros amablemente y nos ofreció la casa si regresábamos a Santiago otra vez. Mi madre estaba preocupada con las valijas salpicadas de etiquetas del *Reina del Pacífico*.

—Cuida la caja azul, Estrella... Y saluda de mi parte a Karl Heinz...

El pitido de la locomotora interrumpió las últimas palabras de la señorita Corina. Con su sombrero y su intenso maquillaje parecía un maniquí extemporáneo, en medio de hombres que cargaban sacos de verdura o vendían pan de rescoldo a los pasajeros por las ventanillas.

—Gracias por todo, Eglaé.

—Hasta luego, señorita Corina.

—Buen viaje, Víctor Manuel.

—Adiós, Estrella...

—Adiós...

Subimos al tren y nos acomodamos en los asientos. Luego, sentimos un primer tirón. El expreso del sur se puso en marcha y las dos mujeres con sus sombreros de velitos con motas se quedaron perdidas en el andén, haciéndonos señas con pañuelos, como dos figuras insignificantes, desconocedoras de sus destinos.

Ahora, nuevamente, veíamos desfilar el paisaje al otro

lado de la ventanilla. Giraban, en compases apretados, las casas de Lo Espejo, la antigua estación en medio de los olivos, las haciendas campestres con pilares de patagua y tejados con veletas. Giraban los sauces en los remansos, los vacunos perdidos en los cerros, los invernaderos y los criaderos de caballos mojados por la lluvia intempestiva de la noche anterior.

Veíamos viejas estaciones pintadas de azul, abandonadas en medio de un bosquecillo de acacias polvorientas. El tren pasaba indiferente con una lentitud desacostumbrada por aquellos pueblos con mansiones señoriales resquebrajadas por los últimos terremotos, con casas de familias importantes transformadas en pensiones o academias de corte y confección. A mi lado, mi madre dormitaba sujetando en su falda, como si fuese una redoma encantada, aquella misteriosa caja azul...

Ahora el tren disminuía la marcha. Los pájaros se posaban en los hilos telefónicos como corcheas en un pentagrama musical. Nuevos pasajeros subían con ropas húmedas en estaciones cuyos nombres nunca habíamos escuchado: Graneros... Longaví... Puchupureo...

—Permiso.

—Perdón.

—Bilz, Papaya...

El vaivén de *La Serpiente de Oro* nos adormecía y lograba confundir palabras y escenas borrosas... Corina Troncoso... Allá lejos había quedado recordando la tarde cuando fue a tomar el té al *Lucerna* con Karl Heinz Jugendbloedt y vieron cantar y bailar un fandanguillo de Huelva a Miguel de Molina.

¿Y mi padre? Ahora aparecía detrás de mis párpados cerrados desenfundando su violín. Con el movimiento del tren en marcha, veía oscurecerse el paisaje y difuminarse figuras confusas a lo lejos. Sí. Allá estaba papá —al otro lado de esa ventana salpicada de lluvia, o acá cerca, tal vez en mi corazón— para atacar con el arco el *Zapateado* de Sarasate. Los canarios saltarían en la pajarera de rama en rama y silbarían cada vez que mi padre afinara el instrumento —salpicado de pepitas de oro— traído de Ciudad Rodrigo.

Ahora veía otra vez en sueños a la señorita Corina dando leche a sus gatos, tocando *Amapola* en el piano «con sentimiento» o delineando con sus pinceles unas hadas difusas que revoloteaban en un baile como mariposas de otros países.

Y luego Eglaé Troncoso con sus largas pestañas y su lunar postizo, como escapada de una lámina desteñida del siglo XVIII, con su prendedor de perlas y diamantes, acomodando con nostalgia los retratos de ese hombre con aire extranjero que había defendido a los indios del sur.

—¡Copihues! ¡Copihues!

Un niño de Antilhue me despertó a medianoche vendiendo avellanas tostadas y ramilletes de copihues rojos.

—¡Copihues!

A mí me gustaban los blancos por ese extraño color marfil, como si fueran de cera.

—Blanco buda —dijo mi madre, como saliendo de un sueño—. La flor sagrada de los mapuches...

Ahora venía la humedad del paisaje, unas extensiones de potreros verdes, las lagunas estancadas y la bruma deshilachada que en velos perdidos amanecía sobre los estanques.

Paillaco... Pichirropulli... Rapaco... El tren pasaba veloz en medio de mantos de enredaderas sudorosas. En el sopor del sueño volvía a tener visiones de ese paisaje celeste ceniciento con montañas y nubes temblorosas... La flor del chilco granate bordeaba los matorrales, los lagos, la tranquera... Había clareado de pronto y ahora venía un paisaje distinto, lluvioso, con fragancia de hierbas silvestres y la visión despavorida de sábanas al viento.

A lo lejos, mientras desayunábamos en el comedor, veíamos los ríos de color verdinoso y las casas de madera como las que había visto en los libros de cuentos de la infancia. Eran casas con miradores y mansardas, muy viejas, como si estuvieran encantadas o como si en ellas viviese alguna bruja. Luego, quedaban atrás, y venían extensiones prehistóricas bajo cielos de color acero...

Con el último recodo, a media tarde, vino el mar, recordándonos nuestro puerto y trayéndonos la impresión de un remoto país perdido. Ahora estábamos en una estación desmantelada, en cuyos andenes las campesinas de Los Muermos, alineadas en el suelo, ofrecían verduras y mariscos secos.

Al salir del amplio pabellón de madera olorosa, resquebrajado y con el color dorado fuego del liquen, sentimos en la cara la ráfaga a aire marino, la fragancia de la lluvia y el perfume azul del volcán.

5 *Una pastelería al estilo alemán*

EL taxi comenzó a serpentear por las calles adoquinadas del puerto. Se detenía ante los semáforos y por la ventanilla rasmillada de agua veíamos los almacenes vacíos y los letreros de latón pintado: «Pescadería La Fama», «Libros Usados El Quijote», «Sombrerería El Arca de Noé», «Tienda La Riojana, la favorita de los precios bajos», «Mueblería La Sultana, el colchón que respalda tu espalda»...

Una pequeña oficina anunciaba un viaje en buque a los ventisqueros. Carteles desteñidos mostraban lagunas australes con témpanos de hielo gigantescos que cambiaban de color según los rayos del sol... Ahora, en la ferretería *El Martillo*, colgaban un martillo de grandes proporciones. Las mujeres salían con piezas de cristalería Yungay mientras por la misma puerta entraban albañiles cargando sacos de cemento.

El taxi estacionó en el número 316 de la calle Chacabuco. De un solo piso, la pastelería *El Oro del Rhin* poseía dos ventanales a la calle decorados con albas cortinillas de tul a través de las cuales se veían los mesones vidriados con galletas, tortas de merengue y pasteles de murta silvestre.

No llovía en esos momentos, pero mientras acomodábamos en la vereda nuestro equipaje, sentimos sobre nuestras cabezas leves chispas de agua, el graznido de las gaviotas y la bocanada fresca y aromada a temporal que venía del mar.

Llevando nuestras maletas, entramos a la tibieza azucarada de la confitería. Mi madre se acercó al mostrador y preguntó por el señor Karl Heinz Jugendbloedt al tiempo que extendía una tarjeta con el nombre escrito. El dueño estaba ocupado en su oficina, pero, según dijo la señorita de perfecta cofia, no tardaría en salir. Mi madre sugirió que entretanto podríamos aguardarlo tomando una taza de té, de modo que nos dirigimos a una mesita detrás de un escaparate con novios de azúcar glasé y niñas diminutas vestidas de Primera Comunión.

—Ese señor que sale de la oficina debe ser Karl Heinz —dijo mi madre—. Vi su foto en el *atelier* de Corina.

Y mientras bebíamos una taza de té con *Kuchen* de murras[1] y oíamos la orquestina que interpretaba la *Danza Húngara* de Johannes Brahms, nos quedamos aguardando que el dueño de la confitería se desocupara. Por fin, mi madre se levantó y fue a hablar con aquel señor de traje azul piedra y mirada transparente que, detrás de la caja registradora, vigilaba a unos muchachos que bruñían bandejas de plata dejándolas como espejos.

Al cabo de un momento y luego de leer la pequeña tarjeta de visita redactada por detrás con pluma fuente por *Eglaé Troncoso, viuda de Kordon,* el señor Jugendbloedt sonrió y amablemente acompañó a mi madre a la mesa.

—Éste es mi hijo Víctor Manuel.

—¡Víctor Manuel! ¡Nombre de príncipe! —exclamó entusiasmado el señor Jugendbloedt, y se sentó con nosotros.

Desde luego, podíamos quedarnos por una noche o por cuantas deseáramos en su hostería. No todos podían hacerlo, ya que atendía solamente a huéspedes «recomenda-

---

[1] Nombre que reciben las moras en el sur de Chile.

dos», como pronunció con inconfundible acento alemán. Las hermanas Troncoso eran garantía más que suficiente, ya que había sido amigo de Kurt Kordon cuando vivían en La Frontera.

—¿Queda lejos la residencial? —preguntó mi madre.

—No es residencial, señora, sino residencia... Y queda muy cerca. En todo caso, yo mismo los llevaré en el auto. Mientras tanto, beban otra taza de té... por cuenta de la casa.

El señor Jugendbloedt se levantó y luego de hablar discretamente con una camarera, se dirigió a su pequeño gabinete al tiempo que se ajustaba unos diminutos anteojos con cadeneta.

La orquestina finalizaba en esos momentos los últimos compases de *La Española,* que uno de los músicos más viejos acompañaba con castañuelas. Nosotros aplaudimos y nos quedamos pensativos, sin decirnos nada, revolviendo lentamente el té con canela y cavilando mientras, tras la portezuela encristalada, veíamos al señor Jugendbloedt marcar un número de teléfono.

6 *Una noche en Villa Edén*

Estaba atardeciendo cuando el Ford descapotable —verdadera reliquia histórica del automovilismo— subía con dificultad la cuesta bordeada de ligustrinas. Desde arriba se veía la puesta de sol en un arrebato de rojos violentos, turquesas radiantes y cúmulos oscurecidos, presagios de la tempestad. Como en nuestro puerto, se veían también —aunque en bahía más abierta— los pequeños barcos y las goletas pesqueras bamboleándose en aguas vidriosas, tornasoladas por el aceite y el alquitrán.

Al fin, después de una subida de tierra, llegamos a Villa Edén. Un empleado mapuche vino a recibirnos y se llevó nuestro equipaje. Otro, vino a buscarnos con un paraguas abierto. Una leve chubasca estaba cayendo y empapaba el gran árbol de los culebrones y las hortensias gigantes de un melancólico tono verdiazul.

La casa estaba recubierta de tejuelas de alerce, verdinosas por la humedad. De tres pisos, con porche y ventanales amplios, Villa Edén cautivaba por presencia al viajero desprevenido. Todas las ventanas superiores tenían cortinas de crochet ajustadas perfectamente al marco, cada una de ellas con diferentes motivos: angelitos, garzas o ramilletes de flores. Con las luces encendidas, daban un hermoso efecto de silueta.

Arriba, sobre el torreón, giraba una veleta que representaba un automóvil antiguo semejante al que en la realidad poseía el señor Jugendbloedt.

Desde el jardín, subimos las escalinatas ribeteadas de helechos. Una vez en el porche, uno de los empleados nos indicó un perro *poodle* de acero, en cuyo lomo afilado debíamos rasparnos el barro de los zapatos.

¡Qué agradable sensación de calor adentro! Estábamos en enero, pleno verano, y sin embargo pisábamos gruesas alfombras y nos entibiábamos las manos en el fuego de la chimenea. Alrededor de nosotros, en los estantes, sobre los muebles o colgando de las paredes, estaban las antigüedades coleccionadas por el señor Jugendbloedt a lo largo de los años: máquinas de coser, planchas de fierro, cascos de bomberos, bastones con empuñadura de plata, sombreros de fieltro, tocados de plumas de avestruz, abanicos inverosímiles ribeteados de nubes de encaje gris, un cetro que un día llevó una dama germana de Osorno elegida Reina de la Primavera en una Fiesta de la Cerveza celebrada al pie de un volcán...

Por todas partes se distribuían cajitas de música en vitrinas bajo llave, mesas cubiertas por gruesas carpetas bordadas, consolas repletas de juguetes antiguos, repisas diminutas —sostenidas por frágiles patas— cuajadas de figuritas de *biscuit* y muñecas de porcelana. Las paredes también estaban cubiertas de cuadros bordados en seda, tapicerías y retratos de cantantes de ópera en el teatro de Berlín...

—Éste es un pequeño museo de la nostalgia alemana —dijo el señor Jugendbloedt apareciendo detrás de un biombo.

Por todas partes se diseminaban postales de Augsburg, medallones de los primeros colonos y hasta un reloj auténtico de mesa que había pertenecido al rey Luis II de Baviera y que llegó al fin del mundo después de que uno de los relojeros reales se fue a radicar a La Unión. El señor Jugendbloedt contó que nunca el rey lo fue a retirar, ya que lo sorprendió la muerte en el lago Stenberg. Cuando el relojero se vino a Sudamérica, trajo consigo el reloj que ahora estaba allí encerrado en una urna de cristal...

—Aquí tienen ustedes los planos de la primera industria cervecera en el sur —prosiguió—. Éstos son los jarros de loza que se utilizaban. Miren los embudos, las botellas de cerámica vidriada... Y estas garrafas de color miel oscuro son una preciosidad... verdaderas reliquias...

Aquel señor estaba orgulloso de sus colecciones, especialmente de aquellas fotografías en sepia de las primeras lecherías alemanas, todas en estilo bávaro con sus establos perfectos y sus casas al modo de las viviendas del sur de Alemania, recorriendo la ruta romántica.

—Oh, Madame, usted debería verlas, todas limpias y ordenadas en el pequeño pueblo de Schwandorff... Yo nunca he estado allí, pero es como si nunca me hubiese movido de Baviera. ¡Soy más alemán que los alemanes! —exclamó con una carcajada.

Verdaderamente al señor Jugendbloedt le brillaban los ojos cuando hablaba de Alemania. Su abuelo había sido uno de los principales colonos que llegaron a Corral en el bergantín *Catalina* como constructor de molinos... Y su padre fue quien construyó con los Momberg el ferrocarril de Araucanía... El señor Jugendbloedt desde niño convivió con esos mapuches que tocaban el kultrún y con aquellas indias de pómulos salientes que llevaban al pecho trapelacuchas de plata.

—En La Frontera conocí a Kurt Kordon... y a Eglaé... y a Corina... —agregó con aire nostálgico.

Pero mi madre ya estaba impaciente. Quería subir a la

habitación para descansar un poco, cambiarnos de ropa y bajar a cenar. Así, después de recorrer el pequeño museo atiborrado de objetos, subimos por aquellas escaleras, deteniéndonos en la balaustrada para observar el fuego crepitando de la chimenea y a los pocos huéspedes que descansaban mientras escuchaban la lluvia o leían un diario atrasado en los grandes sillones del vestíbulo...

La cena transcurrió en silencio en el comedor de paredes enchapadas, decorado con litografías alemanas de Munich, cuadros con una serie de carruajes reales, mitades de barriles de cerveza adosados a las paredes y réplicas en madera de la *Rathaus* de Lindau... Una señora de pelo blanco, vestida con traje alemán antiguo, interpretaba marchas tirolesas en cítara. En otras mesas, estaban cenando los comensales, entre ellos el obispo de Tierra del Fuego —de ojos celestes y aire europeo—, que cenaba impasible, apenas entrechocando los cubiertos, con la vista perdida al otro lado de la ventana, como si tratara de atisbar la luz de un barco en la oscuridad del mar.

Nuestro anfitrión se acercó a la mesa donde cenábamos bajo unas sutiles pantallitas de seda.

—Ustedes son mis convidados de honor esta noche, Madame. Y perdone que la llame así, pero es una vieja costumbre. Suelo llamar así a las personas que distingo.

Mi madre sonrió.

—Para mí es un verdadero placer atender a unas amistades de las hermanas Troncoso...; y dígame... ¿cómo quedó Corina?

—Bien... Se ha unido más con Eglaé después de la muerte de Kurt... Ya no se casa... Trabaja ilustrando para las editoriales de la capital. Pinta precioso. Antes de venirnos a Puerto Montt nos mostró unas acuarelas recién terminadas de *Gulliver en el País de los Enanos.*

El señor Jugendbloedt tenía buenos recuerdos de Corina... Había querido casarse con ella e incluso le ofreció matrimonio cuando vivían en Pitrufquén..., pero ahí fue cuando murió Kurt Kordon, en esa muerte que nadie se ha podido explicar...

—Ya ve usted —prosiguió—. El destino quiso que siguiéramos solteros los dos..., solterones, quiero decir.

El señor Jugendbloedt esbozó una sonrisa entre amarga y resignada al mismo tiempo. Se veía que toda su energía la había encauzado en sus negocios, en una diligente actividad como descendiente de alemanes en el sur, organizando cada detalle de su confitería de prestigio y de su cuidada y personalísima casa de huéspedes selectos.

Allí, en la cálida atmósfera del comedor, el señor Jugendbloedt se complacía en referirnos la vida de cada uno de sus huéspedes. En esa mesa estaba Bernardo Menéndez Braun, descendiente de la famosa Sara Braun que ordenó sellar la puerta del cementerio de Punta Arenas después de que por allí pasara su ataúd. El señor Menéndez Braun era uno de los grandes comerciantes de ganado ovino en tierras magallánicas y dueño de la única curtiembre de pieles de lobo en Puerto Natales. Junto a él, en otra mesita, cenaba sola una dama canosa de modales nerviosos. Era nada menos que Hildegard Hepner, la famosa actriz alemana que actuó en *El Ángel Azul* con Marlene Dietrich cantando *Ich bin desch Lola* con un jarro de cerveza en alto.

—¿Vio la película, Madame?

—Lamentablemente, no —respondió mi madre, limpiándose el borde de los labios con una servilleta.

—Debería haberla visto. Hildegard Hepner está insuperable. Oh, son apenas tres minutos, pero que valen por toda la película. Nadie diría que hoy ella está aquí, en Villa Edén... Con su esposo tuvieron que venirse a Chile embarcados en la motonave *Orduña*... Dicen que la guerra fue algo terrible, madame... Pensar que Hildegard fue la prometida de un nieto de Richard Wagner... Sigfrid... Anteanoche me mostró una fotografía en la que sale con Cosima Liszt... En esos años, Hildegard bailaba en la compañía de ballet de las óperas wagnerianas, incluso bailó ante Hitler y Mussolini... Ah, si ella les contara de esos tiempos en Berlín, en Viena, en Salzburgo... Imagínense que se escribe con Magda Schneider... ¿se da cuenta?

Mi madre lo miraba asombrada.

—Ah, Hildegard fue una gran cantante también... Anoche cantó para nosotros *Schön war die Zeit* en el piano. Sentimos una gran emoción... Ah, ahí va a juntarse con ella el señor Hepner... Es un médico famoso en Punta Arenas... Miren... miren a esas dos señoras que se sientan a la mesa... Son Ute y Christianne Weiland. Les ha ido muy bien en Puerto Octay enseñando música y preparando mermeladas de murta. Para mí es una alegría tenerlas hoy de visita en Villa Edén...

Mi madre estaba inquieta.

—Mire, señor Jugendbloedt. Nosotros queremos viajar lo antes posible...

El señor Jugendbloedt la miró un instante. Luego, con cautela, nos advirtió que era peligroso embarcar al día siguiente debido al clima. Podía llover en cualquier momento. Además el barco no era seguro porque a veces lo sobrecargaban. En varias ocasiones se habían hundido los lanchones por el exceso de peso. Los aduaneros dejaban pasar faluchos repletos a cambio de dinero. La consecuencia a veces era funesta, como le ocurrió a *La Estrella del Sur*, que había naufragado el verano pasado con casi treinta pasajeros por llevar la bodega atestada de sacos de trigo.

—Le prevengo también que en el estuario, cuando hay temporal, el vapor puede atracar en cualquier islote esperando que amaine. A veces, pueden pasar semanas enteras en que la gente queda varada en cualquier aldea de tres o cuatro casas. Hay que pedir alojamiento donde caiga la noche. Los turistas no se arriesgan a menos que dispongan de tiempo y deseos de aventura. Por eso, los pasajeros son generalmente los propios nativos, que vuelven a sus casas después de vender habas, peras, manzanas, ajos... o de cambiarlos por sacos de azúcar, ropa, alpargatas, cereales y herramientas... No siempre es posible venir a la ciudad. Además, muchos de ellos tienen que cabalgar muchas horas en medio de la vegetación por senderos tupidos de helechos o por los caminos estériles que ha dejado la lava del volcán Osorno...

Mi madre recalcó que era necesario hacer el viaje, de modo que en vista de la insistencia, el señor Jugendbloedt dijo:

—Está bien, Madame. Ese hombre alto los conducirá mañana a la caleta. Deben estar listos muy temprano. Por lo menos a las siete tienen que estar embarcando. Sólo una vez a la semana sale el falucho que remonta el estuario y son muchos los campesinos que viajan... En fin... Usted tendrá sus motivos... y no quiero averiguarlos..., pero en realidad, no le aconsejo un viaje al final del estuario.

Mi madre estaba visiblemente nerviosa.

—No quiero alarmarla, Madame —dijo finalmente el señor Jugendbloedt—. Usted y su hijo tienen estigma positivo, la estrella de la sabiduría marcada en la frente y la suerte trazada con compás de oro en el corazón —en ese instante, el señor Jugendbloedt, con una discreta sonrisa, retiró su silla de Viena hacia atrás—. Mañana estaré aquí temprano, Madame, para despedirlos. Buenas noches.

Mi madre le alargó la mano y al cabo de un momento, su rostro volvió a tomar aquella expresión apesadumbrada que a veces tenía, como si de pronto, se hubiera ensombrecido con un presentimiento.

—Vamos a acostarnos, Víctor Manuel —me dijo—. Mañana tenemos que levantarnos muy temprano.

7 *Misteriosas advertencias*

A la mañana siguiente, en el comedor vacío, iluminado por una claridad lechosa, en medio del ritual de las cucharillas del té y los tazones con leche al pie de la vaca, apareció el señor Jugendbloedt, con sus diminutos anteojos redondos y su cara sonrojada, oloroso a agua de colonia inglesa y a jabón Rococó.

—Espero que tengan buen viaje, Madame... y buen tiempo.

El hombre que habíamos visto la noche anterior estaba acomodando nuestro equipaje en la camioneta.

—Madame..., una última cosa —dijo el señor Jugendbloedt—. Perdone que me entrometa, pero..., por la amistad que me une con las hermanas Troncoso, debo prevenirla de su viaje por última vez. En primer lugar, la dirección que ustedes llevan es inexacta. He vivido muchos años en Puerto Montt desde que me vine de Pitrufquén y conozco todos los pequeños puertos del Reloncaví y también a sus habitantes. Usted me ha dicho que va al final del estuario. ¿Pero sabe exactamente a dónde va?

—Por supuesto —respondió mi madre—. A Las Perdices.

El señor Jugendbloedt, al oír ese nombre, pareció desencajarse. No podía creer que nos aventurábamos hasta ese lugar remoto. Ya con visible aire preocupado, pidió que le explicáramos el motivo de nuestro viaje. Mamá, sin mayores preámbulos, le contó acerca de la caja azul y de Celestino Montes de Oca, pero cuando el señor Jugenbloedt escuchó ese nombre se llevó las manos a la cabeza, enfatizando en lo inconveniente de nuestra travesía.

—No, no, no. Madame, no creo que se trate de una coincidencia. En el estuario hay sólo una persona que se llama Celestino Montes de Oca. Y en este caso, no le aconsejo por ningún motivo que se embarque.

—Pero, ¿por qué?

—Soy un hombre reservado y no quiero entrar en detalles respecto de ese sacerdote.

Mi madre se perturbó al oír aquella última palabra.

—¿Sacerdote? Nunca oí que Celestino Montes de Oca fuese sacerdote. Debe de tratarse de otra persona.

—No, Madame. Celestino Montes de Oca hay uno sólo. Y vive en Las Perdices. No me cabe la menor duda.

—No entiendo, señor Jugendbloedt...

—Usted está poco enterada de la persona a quien va a visitar al final del estuario... ¿Hace cuánto tiempo que no lo ve?

—Toda una vida. Desde que tenía quince años que no lo volví a ver más.

—Pero Madame. Han pasado a lo menos treinta años desde entonces. Además, usted no va sola.

—No veo el inconveniente de hacer este viaje con mi hijo.

—Hay otros motivos, Madame. Soy cauteloso. Por otra parte, Las Perdices es un pueblo distante. La última aldea del estuario. Y allí no hay hoteles ni residenciales... ni residencias. En mi opinión, y ya que insiste en este viaje, ustedes deberían hospedarse esta noche en Maillines. Es el pueblo situado enfrente a Las Perdices. Conozco personalmente a la familia Alarcón que administra el hotel donde pueden pernoctar hoy. Luego, mañana temprano, en un bote, y si hace buen tiempo, pueden cruzar hasta Las Perdices descendiendo en la misma playa, si es que el botero los lleva, ya que allí no hay embarcadero, ni muelle, ni correo, ni plaza, ni calle principal, ni iglesia...

—¿Ni siquiera iglesia?

—No, Madame. Ni siquiera iglesia.

—Pero ¿cómo?, ¿no me dice que es sacerdote?

—Mire, Madame. Aún hay tiempo de arrepentirse. Dentro de una hora zarpa el *Reuter* a Valparaíso. Pueden regresar sanos y salvos a casa esta misma mañana.

—Imposible, señor Jugendbloedt. Es preciso cumplir una promesa a una amiga de toda la vida.

—Usted no sabe lo que prometió, señora Estrella. Yo que usted me aseguraría de indagar el contenido de esa caja. No olvide que Las Perdices es un pueblo cercano al paso fronterizo. Desde allí se va en mula a una garganta que atraviesa la cordillera hacia Argentina. El Paso del Huemul es peligroso. Usted podría tener dificultades con la policía aduanera que a veces intercepta los botes cuando atracan en la playita. Y si esa caja va sellada, más vale abrirla, antes de que la policía se la abra..., no sea que...

—Está bien, señor Jugendbloedt —dijo mi madre con una voz ligeramente autoritaria—. Gracias por sus consejos.

—Muy bien, Madame. Y lo siento de verdad. Me sentí con el deber de advertirla en honor de la amistad que me une con las hermanas Troncoso —mi madre cerró las maletas, mientras el señor Jugendbloedt depositó sobre el mesón de la recepción una canasta tapada—. Aquí tienen queso fresco del fundo Los Maitenes, fiambre y unas empanaditas de dulce de alcayota que son la especialidad de mi salón de té, para que no se olviden nunca de la hospitalidad de Villa Edén.

—Gracias, señor Jugendbloedt.

Me despedí cordialmente de aquel amable caballero alemán y subí a la camioneta. El señor alto acomodó el equipaje en la cabina y luego limpió las gotas de lluvia del parabrisas. En el vestíbulo, quedó un momento más mi madre intercambiando las últimas palabras con el señor Jugendbloedt, que, con rostro preocupado, quedó en el porche. Al cabo de un momento, en medio de una suave neblina, bajamos en dirección a la caleta, mientras a lo lejos sonaba la sirena de un buque como si fuera un último llamado.

8 En la caleta de pescadores

EL pequeño muelle de Angelmó avanzaba en medio de la bruma. A ambos lados, difusamente, se veían los botes de los pescadores y junto a los buques cargueros, las carretas de bueyes hundidas en el agua. Los animales entumecidos, con el mar cubriéndoles las patas, miraban resignados y salían luego, arrastrando con dificultad hacia la playa el pesado cargamento de canastos con papas, cebollas transparentes y manzanas reinetas. En el suelo, siempre sentadas en sacos, las mujeres isleñas, envueltas en chales negros, vendían ristras de cholgas y sierra ahumada.

Mi madre aprovechó para comprar unas mantas artesanales para el viaje y un poncho gris de lana chilota. Luego, el hombre misterioso de Villa Edén, que prácticamente no hablaba, nos acompañó con el equipaje hasta el final del muelle.

—Este bote los llevará hasta el *Curacautín*, que está anclado en medio de los otros barcos. Por la neblina no se ve, pero es seguro que está allí. Todos los jueves sale.

Luego de intercambiar unas palabras con un botero de gorro de lana y botas altas, vestido con ropa oscura, el hombre nos ayudó a bajar al bote con nuestras maletas.

—Buena suerte —nos dijo, y se despidió haciéndonos una seña. Al cabo de un momento, desapareció en medio de la niebla dejándonos como sumidos en un sueño, sentados en un pequeño bote que apenas se mecía, junto a mujeres que hablaban en un antiguo castellano y que se arropaban en medio de sus canastos.

—Parecen mujeres de Galicia —dijo mi madre, pensativa.

Cuando la pequeña lancha se llenó de pasajeros silenciosos, el botero avanzó remando en medio de las embarcaciones.

—Ya no podemos echar pie atrás —agregó resignada.

Al cabo de un momento, vimos perfilarse a través de la niebla el pequeño barco con el motor ronroneante. Era el *Curacautín*.

—Vamos a hacer un hermoso viaje, Víctor Manuel.

Una vez, allá lejos, en Fermoselle, bajo los almendros de La Cicutina donde iban a merendar hornazos con chorizo en tiempos de la vendimia, mi abuela le había pronosticado viajes fantásticos y aventuras inverosímiles. Nadie le creyó. Pero aquella mañana fría, con el corazón expectante, comprendía que aquel vaticinio resultaba cierto. Ni en su mente ni en sus sueños más remotos se vio nunca embarcada, en el fin del continente, en un buque que la llevaría a buscar un fragmento de su pasado en el estuario más austral del mundo.

9 *A bordo del* Curacautín

EL *Curacautín* soltó amarras y prácticamente semihundido en el agua, con la línea de flotación bajo el mar, sobrecargado con tantos pasajeros del archipiélago, comenzó a navegar despidiendo gruesas bocanadas de humo negro. Nosotros íbamos sentados en la cabina. A través de los vidrios, veíamos la niebla y los pasajeros que conversaban casi sin poder moverse.

El barco avanzaba penosamente con el exceso de animales que iban en bodega junto a sacos de semillas y aves de corral con las patas amarradas compradas en Calbuco. En cubierta, los hombres fumaban y hablaban en lengua rural. A veces callaban en actitud estatuaria. Otras veces, jugaban al truco con baraja española dando gritos y profiriendo versos extraños:

> «Alambrada de siete hilos
> campo, flor y buena aguada
> el que quiera ganar al truco
> ha de tener el as de espadas».

Adentro, la atmósfera era irrespirable. Confusamente se mezclaban el olor de los pescados ahumados con la humedad de las maderas. Mareado con el humo de los motores, salí a cubierta. Allí me sentía mejor y podía admirar el paisaje y las nubes que adoptaban caprichosas formas.

A medida que avanzaba la mañana, la bruma se iba despejando y los cúmulos de niebla estancados en los islotes y en las laderas de las montañas se iban deshilachando, dejando ver la vegetación, los bosques de arrayanes milenarios y las vacas que pastaban en los cañaverales.

Estábamos internándonos en el estuario. Sobre nuestras cabezas volaban bandadas de pájaros. Revoloteaban los últimos pelícanos sobre la embarcación a la espera de alimentos. Un hombre extrajo de su morral un trozo de pan y lo lanzó al aire. De inmediato, un alcatraz voló raudo y se lo llevó. Ya aquello era motivo de diversión a bordo del *Curacautín*. Todos lanzaban migajas a las gaviotas para ver la precisión del vuelo de esos pájaros marinos de plumaje ceniciento.

Abajo, en las olas, nos acompañaban las toninas emergiendo del agua y volviéndose a sumergir con movimientos sinuosos, mientras allá, en los roquedales, enigmáticos lobos de mar tomaban el sol como animales prehistóricos de otra civilización.

Desconfiados, algunos reptaban y volvían al mar, hundiéndose y dejando un rastro de ondas en el agua.

Allá lejos estaría mi padre, imaginando nuestra travesía por el canal bordeado por la espesura de los árboles. Tal vez extendería el mapa de hule sobre los libros viejos y seguiría nuestra ruta perdida. Luego desenfundaría el violín y tocaría la *Gavota* de Sudessi o un aire campesino de Alba de Tormes, recordando el remoto pueblo castellano con su iglesia y su fanal con el corazón de una santa, tal vez pensando en nosotros que surcábamos en esos instantes un estuario para cumplir con una promesa que devenía en aventura.

Garzas ahora. Bandadas de cisnes de cuello negro venían graznando del fondo del estuario como si huyeran. Luego, el silencio otra vez y las suaves nieblas, diluyéndose arriba, más allá de las últimas copas de los mañíos.

De vez en cuando, una casa olvidada en la montaña. Otra, al frente, con unos muchachos haciéndonos señas desde lo alto. ¿Qué harían esos niños, a qué jugarían, qué libros leerían en noches de lluvia, ocultos en la penumbra de una vieja cocina a leña, tomando mate tal vez con una bombilla de alpaca legendaria, entibiándose al calor de un brasero perfumado con cáscaras de manzana, escuchando cuentos de labios de una anciana o de una pastora de cabras, sabedoras de quién sabe qué fábulas secretas?

El aire me daba en la cara. El *Curacautín* disminuyó la velocidad y desde una isla se acercó ahora un bote en medio de los lobos marinos. Seis pasajeros descendieron con sacos de harina que depositaron con dificultad. Pronto, volvimos a avanzar estuario adentro y el bote se alejó con los silenciosos habitantes de un mundo húmedo y vegetal.

10 *Navegantes en la bruma*

La embarcación continuó avanzando en medio de los pequeños islotes. Atrás dejamos la isla Huar con sus casas sostenidas por pilotes de madera que surgían como espectros desde el agua. A ambos lados, se levantaban las montañas con matorrales de hojas de nalca, empleadas para medicinas y para cubrir alimentos cocidos con piedras calientes en agujeros cavados en la tierra.

Mi madre decidió abrir la canasta y fatigadamente, con el rostro extenuado por el viaje, comimos los alfajores, las galletas de jengibre y los príncipes de manjar blanco que nos había preparado el señor Jugendbloedt, mientras unos niños miraban con rostros ansiosos. Mi madre les ofreció higos secos, avellanas, piñones tostados y empanaditas de pera. Eran varios niños y un muchacho de mi edad que iban a bajarse en el próximo embarcadero.

Conversamos con ellos. Venían desde río Puelo hasta el Cerro de la Ballena. Habían embarcado en el *Curacautín* con un hombre de barba y ceño adusto. Vestían ropas abrigadas y nos miraban con expresión desconfiada, acaso sorprendidos por nuestra indumentaria diferente. Aunque me había puesto un gorro de lana chilote para el viento, era evidente que me veía muy distinto a esos niños de rasgos indígenas. Mi rostro pálido de niño chileno-español delataba que no era de aquellas latitudes. Y esos niños lo advertían. Se notaba en la manera como me observaban. Pero esto no fue motivo de distanciamiento. Al contrario. Surgió entre nosotros una comunicación. Uno de los muchachos nos contó que iban a Las Lomas, un pequeño pueblo con su plaza y su iglesia de madera —«sin clavos», aseguraba—, donde vivía la abuela. Enferma gravemente, doña Berta Eudosia Clemencia del Carmen Maturana Bustos había mandado llamar a todos sus hijos y nietos repartidos por el estuario para verlos antes de morir. Por eso viajaban junto al padre, que era ese hombre de rostro atribulado, esperando llegar pronto porque al oscurecer podían correr peligro «por los pumas».

Mi madre volvió a ofrecerles galletas alemanas de una caja de lata que todos compartimos. De pronto, advertí que el muchacho que tenía más o menos mi edad tenía dificultades para expresarse. Movía las manos y cada palabra la emitía con sonidos inarticulados. Parecía sordomudo o tal vez tenía algún trastorno que le impedía hablar correctamente. No quise averiguar, pero recuerdo que ese joven de mirada profunda me impresionó vivamente.

Cuando terminamos de comer los fiambres de la canasta, salí a cubierta con los niños. Ya casi quedaban pocos pasajeros a bordo. Todos habían desembarcado a medida que nos internábamos en el estuario... Allá al fondo se perfilaba la cumbre nevada del volcán y el poblado de Cochamó con su pequeño muelle y su iglesia de tejuela de alerce. Al cabo de un momento, entré a la pequeña cabina temblorosa con olor a alquitrán y a aceite de máquinas donde estaba el capitán que tripulaba el *Curacautín*.

—Allá al fondo está Maillines —le dijo a mi madre—. Ése es el lugar adonde ustedes van.

Era necesario pernoctar en el hotel London, que se veía detrás de los ulmos, para atravesar el estuario al día siguiente rumbo a Las Perdices. Según el capitán del *Curacautín*, los Alarcón llevaban muchos años a cargo del hotel y eran además un matrimonio de tradición y confianza en el estuario. Procedían de Chiloé. Ella era de Ancud, y el marido, de Dalcahue: dos perfectos chilotes de la Isla Grande como solían denominar a aquella gran extensión que en otros tiempos se denominó Nueva Galicia. El matrimonio tenía una hija. Educada en las Monjas Inglesas de Puerto Montt, Elizabeth Alarcón Caviedes se había hecho cargo del hotel ahora que los padres estaban mayores. Era una mujer bonita. A juzgar por el aire melancólico con que el capitán hablaba de Elizabeth, se advertía que alguna vez había sentido afecto hacia ella y que ese sentimiento no había desaparecido del todo.

—Ése que se ve ahí en medio de la bruma es el Cerro de la Ballena —dijo, disminuyendo la velocidad—. Y esos hombres a caballo que se ven en el embarcadero vienen de Las Lomas a buscar a Bartolomé Maturana con sus hijos.

Mi madre salió de la cabina a cubierta para despedir a los niños que se aprontaban a bajar con sus bolsas, canastos y sacos. Un muchacho de tez oscura y gorro de lana chilote ayudó a sacar los bultos y a bajarlos luego por la escalerilla.

—Hasta luego, señora —dijeron los niños alegremente junto a aquel extraño adolescente.

—Adiós, Artemio.

Al cabo de un momento y después de acomodar el equipaje, el botero empezó a remar en dirección al embarcadero y el *Curacautín* volvió a hacer sonar los motores. Los niños nos hicieron señas. Yo, apoyado en la cubierta, me quedé mirándolos hasta que los perdí de vista.

Ya pronto llegaríamos a Maillines. Con mi madre nos quedamos largo rato mirando cómo el crepúsculo violáceo sobre el estuario teñía las montañas y pintaba reflejos dorados en los últimos espantapájaros de las pimenteras.

Mientras mamá entraba otra vez en la cabina, me quedé unos instantes más mirando las primeras estrellas, el tono azul celeste del paisaje y los viejos robles estáticos sumiéndose en las sombras. Finalmente bajé también a la cabina.

—No, no sé en realidad dónde vive exactamente, pero no será difícil encontrarlo. En el hotel les pueden dar más información —dijo Abraham Castro con sus grandes manos sobre el timón. Luego, apuntando hacia el lado opuesto de donde se encontraba Maillines, señaló—: Eso que ven ahí es Las Perdices. En esa casa con molino de agua vive Celestino Montes de Oca, pero la verdad es que nadie se atreve a ir ahí después de que volvió del Perú.

—¿De dónde? —preguntó mi madre, sorprendida.

—Del Perú. Celestino Montes de Oca fue el sacerdote del estuario muchos años hasta que lo trasladaron a Lima. En este mismo falucho se fue por el estuario despidiéndose de todos los fieles que desde las orillas le hacían señas con ramos de flores. Yo iba tocando la bocina para saludar a los amigos que habían sido sus feligreses. Nunca más supimos de él hasta que al cabo de un tiempo regresó y en este mismo lanchón se embarcó otra vez para Las Perdices acompañado de una negra peruana y de un ataúd con una momia.

—¿Qué? —preguntó mi madre, desconcertada.

El muchacho entró a buscar unos cables para amarrar la embarcación, a punto de atracar en el muelle. Abajo estaban esperando unos pescadores que debían desembarcar sacos de cholgas.

—Ahora, déjenme solo, por favor. Tengo que vigilar la maniobra —dijo secamente Abraham Castro.

Mi madre salió desencajada a cubierta. Las noticias que había recopilado fragmentadamente de su amigo de infancia la habían sorprendido tanto que ni siquiera tenía tiempo para reaccionar. Se quedó un largo rato aferrada en la baranda, mirando la lejanía, sin decir palabra. Luego fijó la vista en aquella casa de la ladera que se apagaba poco a poco en la penumbra del anochecer.

—Está bien, Celestino —dijo en voz baja.

Ya el *Curacautín* había detenido el motor y sólo se escuchaba el chapaleo en el agua. Unos hombres amarraban la embarcación en el muelle. Nosotros éramos los únicos pasajeros que descenderíamos en Maillines...

Fue entonces cuando entramos a la cabina a recoger nuestro equipaje. Todo estaba bien y en orden, tal como lo habíamos dejado horas atrás. Allí estaban la maleta grande con la ropa, el bolso de mano, los abrigos, el canasto de mimbre del señor Jugendbloedt y las infaltables sombrereras de tela estampada de mamá. Pero la caja que traía desde España —la caja envuelta en fino papel azul— había desaparecido.

SEGUNDA PARTE

1 El desembarco

COMPLETAMENTE desesperada, mi madre comenzó a buscar por la cabina, mirando en los rincones y detrás de las bancas. Yo también registré por todas partes, pero todo era tan inútil como obvio: la caja azul no estaba. Entretanto, unos hombres entraban y salían del *Curacautín* con bultos que bajaban al embarcadero. Esta vez, el falucho había atracado sin necesidad de botes auxiliares que se acercaran a buscar pasajeros o equipaje.

—¡Por Dios! ¡Ayúdenme a buscar! —rogó mi madre—. Traíamos una caja y no está.

Abraham Castro observaba con la más completa serenidad:

—La caja tiene que estar, señora. La gente del estuario es honrada. Busquen bien.

Bajamos a la bodega, recorrimos la cubierta y la cabina, revisamos toda la embarcación con cuidado, miramos sospechosamente a cada uno de los hombres que entraban o salían del falucho e incluso al ayudante que bajaba los sacos al hombro. Pero toda búsqueda era inútil, porque la caja azul no apareció en el buque.

—No hay nada, señora. ¿Está segura de que la traía consigo?

Mi madre dudó un instante. Yo también sospeché. No recordaba haberla visto en el barco. Tal vez se había quedado en el tren..., o en la confitería..., o quizás en Villa

65

Edén... o en la camioneta que nos llevó hasta Angelmó... ¿Cuándo fue la última vez que la vi? Lo había olvidado. Pero mamá aseguraba que la llevaba consigo en la cabina del lanchón y que nunca se separó de ella. Con las emociones de aquella residencia alemana y sus huéspedes internacionales, yo había olvidado por completo el motivo de nuestro viaje y en mi mente aquella caja azul había desaparecido por completo desde la noche anterior.

—Revise bien su equipaje, señora. Tal vez la puso en la maleta o en el bolso de mano.

—No, imposible. Era demasiado grande para ponerla en la maleta. Prefería traerla aparte, precisamente por ser delicada. Víctor Manuel, ¿tú viste la caja?

Guardé silencio. En realidad, no sabía qué contestar. No podía asegurar que había visto la caja en el barco.

Mamá se molestó. Según ella, la última vez que la vio fue cuando abrió la canasta y ofreció galletas a los niños de Las Lomas. Uno de los muchachos, el que hablaba con dificultad, la miró largo rato, pero ella la cubrió con una manta. Confiada, fue a la cabina y vio cómo desembarcaron los niños. Entonces salió a cubierta y les hizo señas hasta que se alejó el bote. Luego entró otra vez a conversar con el capitán y al llegar casi a Maillines, salió a cubierta otra vez. Cuando fue a buscar el equipaje, la caja azul ya había desaparecido.

—¿Y usted no vio nada? —me preguntó Abraham Castro con mirada inquisitiva.

—No. Yo estuve siempre en cubierta —le contesté—. En todo caso..., pienso que tal vez no embarcamos con la caja.

—¡Víctor Manuel! ¡La caja estaba aquí! —gritó mamá.

El muchacho de tez oscura volvió.

—Marcial, ¿ha visto una caja envuelta en papel azul? La señora dice que la tenía aquí.

—No, no he visto nada.

¿Acaso ese muchacho? Yo también comencé a sospechar. Habíamos venido de tan lejos para entregar aquella caja y ahora ya no la teníamos. Comenzaba por primera vez a sentirme inseguro, en un dominio que no era el mío. Y por primera vez también pensé en la seguridad de mi cuarto, en mis libros preferidos y en mis amigos lejanos, reunidos tal vez en una casa firme en un cerro del puerto.

—Perdón, señora. ¿Y qué contenía la caja? —preguntó el capitán.

Mi madre estaba a punto de llorar.

—No sé..., no sé lo que contenía.

Hubo un largo momento de silencio. El *Curacautín* pareció que se bamboleaba más. El capitán se sonrió y luego trató de disimular una expresión de asombro e incredulidad.

—Perdone, señora... No la entiendo. Usted traía una caja al parecer muy importante. Esa caja se le extravió a bordo, a muy poca distancia del paso fronterizo, pero no sabe lo que había en su interior...

—Así es —contestó mi madre.

—En ese caso, señora, no puedo hacer mucho. Ahora deben desembarcar. Busque bien en su equipaje. Yo no puedo hacer nada más. La caja que usted perdió no está en el falucho. Probablemente no se hayan subido a bordo con ella. Recuerde bien. O puede que esté en uno de esos bolsos. Revise bien con su hijo. En todo caso, si sé de algo, se lo comunicaré en el hotel.

—¿Y no puede avisar a la policía? —preguntó mamá, aferrada a una inútil esperanza.

—¿Policía? No hay policía en el estuario, señora. Usted está en Maillines. La policía más cerca está allá, al frente,

en Las Perdices. Antes se podía ir cuando había embarcadero, pero el último temporal lo destrozó. Ahora es un pueblo aislado. Y además, un nido de contrabandistas. En fin.
Tiene que desembarcar.

—¿Desembarcar? —preguntó mi madre como en otro
mundo—. Ya no tiene sentido.

El muchacho de ojos oscuros nos ayudó a bajar al muelle y ahí nos quedamos mudos, de pie en medio del anochecer, oyendo el silbido de los chucaos y viendo alejarse
el *Curacautín* con su motor monótono y su chimenea de
humo negro, perdiéndose en el estuario, al otro lado de la
colina, como al otro lado del mundo.

2 La primera noche en el estuario

Ya era casi de noche. En silencio y completamente extenuados, nos arrebujamos en los ponchos y tomamos nuestro equipaje caminando en dirección al hotel por las calles vacías del pueblo.

Allá arriba se veía, recortado en silueta, con un ocaso de tinta como telón de fondo. Después, sus ventanas se fueron iluminando una a una. Luego se encendió un viejo farol a la entrada que alumbró una desteñida bandera inglesa. Un instante más tarde, se encendió un letrero amarillento que decía: «Hotel London. Piezas para veraneantes». De dos pisos y construido en madera de tepa, con porche y ventanas de guillotina para el viento del estuario, el hotel, con sus cenefas de encaje, estaba enclavado en lo alto de la colina, rodeado de vetustas araucarias.

Penosamente subimos en medio del barrial. Las gallinas se estaban subiendo a las tapias y saltaban después a las ramas de los árboles. En un quillay gigantesco piaban los gorriones. Una niña descalza, sentada a la vera de su casa, desplumaba un pato.

—Mira adónde hemos venido —dijo mi madre con una expresión absolutamente desencantada.

Al verla, no era la misma a quien habíamos aplaudido cantando *La del soto del Parral* en el teatro San Luis Gonzaga del cerro Alegre.

En torno a nosotros, volvió a echarse el silencio, como un mastín cansado.

—Éste es el hotel —dijo, casi rozando las tupidas achiras mojadas por la lluvia.

Yo me preguntaba por mi padre. ¿Dónde estaría a esas horas? ¿Cerrando las puertas metálicas del almacén con gran estrépito? ¿O abriendo sobre el atril la partitura del *Pizzicati de Silvia* de Leo Délibes? Tal vez —sentado en su sillón de felpa capitoné— pensaría en nosotros, preocupado por nuestro viaje hilvanado por un capricho... o por una locura.

En esas reflexiones me encontraba cuando la vi por primera vez, allí, en el segundo piso, detrás de unos visillos que se descorrieron después de que mi madre tocó la campanilla.

Una figura de mujer se asomó y una mano discreta hizo una seña brevísima. Luego sentimos pasos presurosos que bajaban las escaleras. Después, levemente, sentí unas manos que se alisaban las ropas, acaso un rostro femenino que se comprobaba frente a un espejo. Finalmente, se escuchó el descorrer de un cerrojo, hasta que la puerta se abrió.

De pie ante nosotros, impecablemente vestida, suave de modales, con un medallón al cuello, una mujer joven nos miraba como si nos hubiese estado aguardando desde hacía milenios. Vestía absurdamente elegante en esos parajes sombríos. En aquel vetusto hotel —en el que se escuchaba por todas partes el retumbar de las goteras— llevaba tacos altos, polvos faciales y sombras en los párpados.

Mientras afuera las mujeres vestían ropa de lana oscura, sencillamente calzadas —o descalzas—, esta dama morena de ojos almendrados, con una mirada perfecta y modales distinguidos, parecía salir de la portada de uno de esos viejos semanarios femeninos de Buenos Aires que mi madre leía en la sala de costura, mirando el mar.

—Adelante, por favor —dijo pronunciando muy bien las palabras y mirando a mi madre, que, nerviosa, dio un vistazo a aquel vestíbulo en penumbras, impregnado de olor a humedad.

Concentrada en su papel, como diciendo un parlamento, la recepcionista recitó de corrido:

—¿Desean habitaciones? Pasen, por favor. Aquí, el hotel London de Maillines ofrece a precios módicos lo mejor a pasajeros que deseen pasar una temporada tranquila y libre de problemas en el más hermoso puerto del estuario.

—Dénos un cuarto para dos personas, por favor —dijo mi madre, escuetamente.

—Encantada —dijo la joven alegremente, pestañeando muchas veces—. Tengo una hermosa habitación con vista al estuario.

En esos momentos, se precipitó la lluvia.

—Bueno..., mañana tal vez amaine y puedan ver el paisaje desde la terraza. No se sabe nunca con el tiempo aquí, en Maillines. En pleno verano llueve... Ha cambiado tanto el clima... Ya no es como antes. Bueno, nada es como antes, ¿no le parece? Antes, el verano era verano, y el invierno, invierno. Pero ahora, ya no existen las estaciones.

Mi madre parecía no escuchar el monólogo de la recepcionista. ¿Qué sentido tenía quedarnos ahora? Era como si no valiera la pena cruzar el estuario, buscar la casa de Celestino Montes de Oca para decirle que le habíamos traído una caja de España, pero que había desaparecido, desconociendo su contenido y su destino. Pero mi madre, acaso presintiendo al buscar la documentación para registrarse, encontró una esperanza al fondo de su bolso.

—¡Tengo la carta! —exclamó.

La recepcionista la miró perpleja. Ahora adquiría por fin sentido la travesía. Tal vez esas letras podían alegrar a ese hombre al otro lado del estuario. Aunque no recibiese nunca el regalo, podía al menos tener noticias actuales de su familia y ver la letra manuscrita de su hermana, que quizás le decía lo mucho que lo extrañaba y probablemente hasta le explicaba lo que iba en aquella extraviada caja forrada en papel azul.

Mi madre firmó presurosa el libro de registros. Luego, la mujer de rostro sonriente encendió las luces de las escaleras por las que subimos al largo corredor. Al final, después de sortear varias cacerolas con agua y pequeñas playas de aserrín, llegamos a la habitación número 21.

—No hay más pasajeros esta noche —dijo sin perder la sonrisa, abriéndonos la amplia pieza de madera con cortinas floreadas y dos roperos grandes con espejos de media luna—. Les he dado la mejor habitación. En quince minutos está lista la cena. Si necesitan algo, toquen la campanilla que está sobre el velador. Mi nombre es Elizabeth.

Y volviendo a sonreír, cerró la puerta. Sus pasos se alejaron por el pasillo hasta que desaparecieron por la escalera.

Mi madre se tendió en la cama, que de inmediato rechinó.

—Baja tú a cenar, Víctor Manuel. Yo estoy muy cansada.

Yo, por prudencia, no quise insistir más sobre la caja perdida, pero sabía que mi madre estaba desesperada y que la lluvia en el tejado aumentaba su desorientación.

Me saqué el poncho húmedo, me lavé las manos con

un diminuto jabón de olor y salí de la habitación dejando a mi madre en penumbras. Otra vez avancé por el pasadizo de largas tablas enceradas y bajé las escaleras. Abajo hacía frío. Daba la sensación de que en años no habían recibido huéspedes, a juzgar por el aspecto desolado que presentaba el vestíbulo.

—Por aquí es la cocina —dijo Elizabeth asomándose por una cortina de cretona antigua.

Yo avancé hasta la estancia donde estaba el gran fogón con ollas humeando. Era la vieja cocina del sur con su chimenea negra de hollín. Yo recordé aquellos versos de la infancia:

«Soñé que era muy niño
que estaba en la cocina
escuchando los cuentos
de la vieja Paulina»...

—Te presento a mis padres —dijo Elizabeth.

Un hombre pequeño de cejas blancas y pelo canoso sonrió mientras tocaba la guitarra en arpegios aislados, como si la estuviera afinando.

—Ya que no tenemos más huéspedes, lo mejor será que cenes con nosotros —agregó Elizabeth—. Te sentirás muy solo allá en el comedor.

Y la extraña recepcionista, con sus tacones altos, su rostro maquillado, sus modales perfectos, puso la mesa junto al fogón. Nos sentamos en bancas que se adosaban a lo largo de la pared, sobre las que había gatos durmiendo sobre cojines de lana. La cena —sopa de cholgas, truchas del estuario y dulce de membrillo de postre— transcurrió en medio de sonrisas y conversaciones nerviosas. Entre plato y plato —y mientras se limpiaba con una servilleta que tenía puntas de encaje—, Elizabeth habló de la belleza del estuario en un día con sol. «Es como estar en Suiza», dijo.

Luego pasó al tema del hotel. Hacía mucho tiempo que no venían pasajeros, meses, años tal vez. Pero siempre estaba «de punta en blanco», como decía, aguardando a posibles huéspedes. Ella debía dirigir todo: cambiaba los precios cada cierto tiempo en los menús, aunque nadie los leyera, y escribía la correspondencia. Incluso había redactado un folleto explicativo sobre Maillines, manuscrito, con un mapa dibujado y datos precisos sobre meridianos, paralelos, altura del volcán, flora y fauna vernáculas, pueblos aledaños y modos de llegar, haciendo de él varias copias que había enviado por correo como propaganda del lugar y de paso, del hotel, dirigidas a diferentes agencias de viaje, cuyas direcciones sacó de una guía de teléfonos vieja.

Lamentablemente —y pese a que el folleto y los sobres los escribió con letra de imprenta— no surtió efecto alguno y nadie acudió al hotel con esa referencia. Incluso estaba por creer que Abraham Castro, el capitán del *Curacautín*, no había enviado las cartas con las copias al carbón en el correo de Puerto Montt. Ella se las había dado hacía tiempo, pidiéndole que las echara al buzón, ya que Maillines carecía de correo propio. ¿Acaso Abraham Castro no las había despachado... por estar despechado? Elizabeth sonrió con su juego de palabras...

—Es un hombre bueno —aseguró el padre.

—No estoy tan segura —respondió Elizabeth, con una sonrisa pícara.

Luego se incorporó y sirvió el café, desviando la conversación hacia sí misma. En realidad, se llamaba Isabel Alarcón Caviedes, pero después de haber estudiado en las

Monjas Inglesas de Puerto Montt, de haber aprendido correctamente el idioma y los modales británicos en clase de urbanismo, había decidido cambiar su nombre español por otro más adecuado a sus estudios y de mayor prestigio. Al fin y al cabo, Elizabeth quería significar lo mismo.

—Debe ser tan bonita la vida hablada en inglés —dijo revolviendo el té con aire nostálgico—. Pero en inglés británico, se entiende. Las monjitas eran muy estrictas en la pronunciación del inglés correcto. Lamentablemente, aquí no tengo muchas oportunidades de practicarlo, por no decir ninguna. Pero no pierdo las esperanzas. Un día ha de llegar en que entre un huésped por esa puerta hablando el verdadero inglés, y entonces tendrán sentido mis estudios de idioma en las Monjas Inglesas de Puerto Montt...

El padre se había sentado en el taburete, junto a la cocina, y luego de pulsar algunas cuerdas aisladas en la guitarra, comenzó a cantar una antigua canción de la isla de Chiloé. Elizabeth y su madre se miraron melancólicas y cantaron *El tornado* con el viejo, llevando el compás con la cabeza y las palmas:

«No puedo pasar a verte
no puedo, cielito, no
porque se ha llevado el puente
el tornado que pasó».

De pronto, se oscureció totalmente. Se había cortado la luz y la estancia quedó iluminada vagamente por el resplandor rojizo de la cocina. Afuera soplaba el viento y se iluminaba el estuario con los relámpagos.

—¡Temporal! —exclamó la madre de Elizabeth en la oscuridad, llevándose las manos a la cara.

El padre ya había concluido la canción y silenciosamente, al resplandor de las brasas, guardó la guitarra en el estuche.

—No te preocupes por el apagón —dijo Elizabeth en-
cendiendo una vela—. A las nueve en punto se corta la luz
todas las noches en el estuario. Ahora voy a llevarte a la
habitación. Es tarde.

Me levanté de la mesa y seguí a Elizabeth, que llevaba
la palmatoria.

—Buenas noches, señora Alarcón.

—Buenas noches, Víctor Manuel.

Adentro, mi madre estaba acostada con los ojos cerrados. ¿Dormía o fingía dormir? Abajo se escuchaban voces
apagadas. Luego, un tintineo de loza en la cocina. Yo me
acosté en silencio y apagué la vela. Afuera soplaba el viento
frío del estuario. Lo sentí largo rato. Sentí la lluvia en el
cinc del tejado, suave y persistente. Luego, después de conversaciones en voz baja, volví a sentir el silencio. De pronto, la puerta del hotel se abrió. Sonó la campanilla. Escuché
pasos. Ahora una luz débil titilaba. Alguien subía las escaleras... A través de los vidrios empavonados avanzaban los
pasos. Alguien pasó con la vela encendida delante de nuestra puerta... Hasta que aquellos pasos se alejaron. La luz,
entonces, disminuyó de intensidad. Una puerta en el pasillo se abrió y se cerró con sigilo. Al cabo de un instante,
hasta la lluvia cesó. El silencio era tan perfecto que sólo se
oían las olas lamiendo la playa del embarcadero...

3 *Los días perdidos del hotel London*

A la mañana siguiente, bajamos con mi madre a tomar el desayuno, pero yo no quise preguntar acerca de los pasos de la noche anterior. Probablemente se trataba de otro huésped del hotel London. Esta vez nos sirvieron el desayuno en el comedor, cuyos ventanales dejaban ver el paisaje sumido en la niebla.

Elizabeth vino con un vestido nuevo a traernos el pan amasado recién sacado del horno y el servicio en una bandeja.

—¿Han dormido bien?

—Perfectamente.

Con suaves modales, sirvió el té filtrándolo con un colador de plata.

—¿Se van a quedar varios días? —preguntó alegremente.

Pero mi madre de inmediato le hizo saber nuestros propósitos. Abandonaríamos el hotel después del desayuno para dirigirnos a Las Perdices. Sin embargo, al pronunciar ese nombre, Elizabeth se mostró extremadamente sorprendida, ya que no era posible ir allí con ese tiempo.

—Es necesario contratar un botero para que crucen el estuario hasta allá. Pero mucho me temo que, con este temporal que se avecina, nadie se aventurará ni por todo el oro del mundo.

Elizabeth, al igual que el señor Jugendbloedt, tampoco aconsejaba un viaje hasta allá. Aunque parecía cerca —incluso se podía ver el pueblo al otro lado del canal—, en realidad estaba lejos. Era un efecto óptico, según Elizabeth. Por lo demás, siempre había espejismos. Además, en esa parte del cruce había un triángulo peligroso. Los boteros no se animaban a cruzar el Vado de las Garzas por los remolinos. Lo mejor era que disfrutáramos de Maillines cómodamente y regresáramos el próximo jueves en el *Curacautín,* que pasaba una vez a la semana por el embarcadero del hotel. Por lo demás, allí había de todo para entretenerse: ajedrez, dominó, naipes...

—¡El próximo jueves! —exclamó mi madre.

Sentada en nuestra mesa, Elizabeth movía la cabeza.

—Deben tener paciencia, señora Estrella. Hay que esperar que amaine un poco. Un botero, con suerte y buen pago, los podrá cruzar hasta allá una vez que amaine...

Una vez en Las Perdices era posible salir a Puerto Montt por un camino rural. Había una camioneta de Canutillar que pasaba por los pueblos del otro lado del estuario que nos podía llevar hasta Ensenada. Desde allí a Puerto Varas el tramo era corto.

—¿Pero usted cree que mejore el tiempo? —preguntó mi madre—. Nosotros queremos salir mañana a más tardar.

—Difícil —contestó Elizabeth—. Juzgue usted misma. El volcán está con sombrero. Seña segura de que el tiempo empeora.

—¿Y no hay otro modo de ir a Las Perdices?

Elizabeth, en un gesto muy especial, abrió los ojos, apretó los labios y movió la cabeza de un lado a otro.

Mi madre bebió el té pensativamente. Elizabeth volvió ahora con más agua caliente.

—Y perdóneme que me entrometa, señora —dijo Elizabeth con un ligero acento argentino—, ¿a quién va a ver en Las Perdices?

—A un amigo.

—¡Qué interesante! Yo he tenido tantos amigos, pero todos se han ido del estuario. Es lo que pasa en la vida. Los amigos se van con el tiempo. Claro que siempre sueño con volver a verlos...

Se produjo un largo silencio interrumpido por el sonido de las cucharillas del té. Finalmente, Elizabeth no resistió más y abriendo los ojos, preguntó:

—¿Y quién será su amigo, señora?

Mi madre se sintió acosada, pero tal vez pensando que Elizabeth podría ampliar la información sobre nuestra visita, le respondió escuetamente:

—Celestino Montes de Oca.

Elizabeth entreabrió los labios en un gesto de perplejidad. Aquel nombre despertaba en los seres del estuario extrañas perturbaciones.

—¿Celestino Montes de Oca?

—¿Lo conoce? —inquirió mi madre.

—Celestino Montes de Oca me bautizó, señora. Fue el sacerdote de Maillines durante muchos años y, créame, era un verdadero santo. Los vecinos lo adoraban. El jardín de la iglesia era una maravilla, todo lleno de portulacas y pensamientos. Para los niños era un verdadero paraíso. ¡Y las prédicas! No nos perdíamos la misa de los domingos, para oírlo hablar con su acento español. Luego, la congregación lo trasladó al Perú, de donde volvió al cabo de los años con un sarcófago en cuyo interior yacía una momia... ¡imagínese!... ¡y con una negra que lo custodiaba como un ángel al lado del ataúd!... No lo podíamos creer. Desde entonces, nadie lo ha visitado porque se fue a vivir al otro lado del estuario. Dicen que se volvió loco. Está completamente aislado y no quiere ver a nadie. No se sabe por qué. La gente comenta, inventa..., pero nadie sabe la verdad. Sólo mi madre lo defiende y le guarda consideración. Fue bueno con ella cuando vivía en Maillines, e incluso venía muchas veces a vernos al hotel, pero desde que regresó hace años no lo hemos vuelto a ver. Sólo escuchamos a veces en la noche el cuerno.

—¿El cuerno? —preguntó mi madre, intrigada.

—Sí, todos en el estuario ya saben que por las noches se escucha el sonido lastimero de un cuerno. Es el cuerno de Celestino Montes de Oca.

—¿Y por qué lo toca?

—Es lo que todos quisieran saber, pero nadie se ha atrevido a averiguar.

Elizabeth se quedó un momento pensativa y se puso a juguetear con las miguitas de pan en el mantel.

—Hace tiempo que no sabemos de Celestino —agregó—. Además, nosotros no vamos a Las Perdices porque es arriesgado cruzar hasta allá por el Vado de las Garzas y, en segundo lugar, por la fama que tiene. Desde allí se internan los fugitivos hasta Argentina. Hay varios pasos cordilleranos a los que es fácil llegar desde las Perdices.

En esos instantes, un hombre bajó las escaleras para tomar el desayuno y se acercó a nosotros con rostro amistoso. Elizabeth explicó que era «el único huésped permanente del hotel London», quien apagaba las luces del estuario, todas las noches en la Central Hidroeléctrica, con sólo bajar una palanca. De inmediato, supe que ese hombre era quien había llegado a media noche avanzando por el pasillo con la vela encendida.

Elizabeth nos lo presentó. Éramos tan pocos en el hotel que, por un principio de buena vecindad, debíamos conocernos.

Se llamaba Martín Imperio. Era tímido, alto, fuerte de espaldas y de mirar profundo. Esquivaba la mirada, aunque su manera de apretar la mano al saludar denotaba simpatía y sinceridad. Era una mano fuerte. La mano de un hombre sureño, sabedor de secretos y descubridor de paisajes, intérprete de sueños y mensajes cifrados.

—Está por desencadenarse el temporal —dijo con una voz especial, sentándose en una de las mesas del comedor, aguardando que Elizabeth le llevase el desayuno—. Hay que quedarse en el hotel todo el día, señora. El tiempo está para comer sopaipillas pasadas y jugar al truco —dijo riéndose.

Desde dentro de la cocina, donde los esposos tomaban mate, se escuchaba una radionovela mal sintonizada.

Martín Imperio, con su cara llena de pequeños lunares, con sus ojos oblicuos de gato travieso, sacó una pipa marinera y dijo:

—Aquí hay que fumar, descansar, oír periconas chilotas por la radio, ver el temporal por las ventanas y esperar a que lleguen las nueve de la noche para salir a caballo a apagar las luces del estuario. Ésa es la vida aquí en Maillines, señora.

Elizabeth se sentó con él, familiarmente en la mesa y dijo:

—En la tarde les tocaré el clavecín.

Martín Imperio, con su sonrisa irónica, explicó que Elizabeth tocaba todas las tardes su clavicordio de color violeta.

—Todavía me acuerdo cuando lo trajeron a bordo de un lanchón por el estuario. Elizabeth iba sentada en cubierta tocando pavanas. ¡Imagínense! Todavía hoy los pescadores se acuerdan de esa noche de luna.

Por supuesto que Elizabeth había aprendido clavecín en las Monjas Inglesas de Puerto Montt. La madre Edith —que era de Bristol y una auténtica descendiente de la reina Ana de Inglaterra— lo tenía en su celda y tocaba Scarlatti como una sor Juana Inés de la Cruz del estuario de Reloncaví. Ella fue la que le enseñó a tocar a Elizabeth ese magnífico instrumento Cavaille Coll, la misma marca del órgano de los Padres Carmelitas de Santiago, la mejor en teclados... Se lo dejó en herencia al morir como premio a su mejor alumna en clases de música. «Un día vas a tocar en Inglaterra», le dijo. Tiempo después, la madre Edith —cuyo verdadero nombre era Margaret Preston, vizcondesa de Southampton— murió. Elizabeth lo sintió terriblemente, pero le quedaba de consuelo el clavecín. Todas las tardes, mientras estaba interna, tocaba a Bach en el colegio, hasta que un día decidió traérselo al hotel. Pero antes lo mandó pintar en su color favorito —el violeta, siempre el violeta, el color de la tranquilidad—, ya que originalmente estaba muy descascarado.

Un relámpago cruzó el estuario. Luego vino un trueno. Finalmente un chaparrón largo y violento, como si sobre el tejado lloviesen puñados de piedras preciosas.

—Así es la lluvia en el estuario —dijo Martín.

—Me parece, señora Estrella, que no va a poder ir a Las Perdices con este tiempo —comentó Elizabeth mirando la chubasca por la ventana.

—Imposible. Tengo que ir a dejar una carta.

Visiblemente intrigada, Elizabeth trató de indagar más respecto de nuestro viaje. Mamá le contó acerca de la caja azul, pero Elizabeth se mostró sorprendida por su desaparición, indicándole que la gente del estuario era muy honrada y que tarde o temprano iba a aparecer.

Martín Imperio no estaba tan seguro. Con su mirar inquisitivo y burlón, dijo que tal vez un marinero del *Caleuche* se la había robado. Todas las noches —de los jueves, precisamente— se aparecía el buque fantasma y siempre desaparecía algo en el estuario. Dijo que todos en Las Perdices estaban embrujados. Además, desde allí los contrabandistas pasaban ganado robado a Argentina por un paso cordillerano. Por ese valle se fugaron también sacerdotes jesuitas en tiempos de la persecución. No sería extraño que ahora el padre Celestino sirviera de nexo con alguna comunidad religiosa argentina del lago Nahuel Huapi, o con una secta de esotéricos iluminados...

Mi madre cortó súbitamente la conversación. No quería que nadie ensuciara el nombre de Celestino con religiones astrales o mafias de narcotraficantes. Pero Martín dijo por todo comentario:

—Todo es posible en el estuario, señora.

—No se hable más del asunto —concluyó mi madre, muy molesta—. No debí haber hablado de este tema. De todas formas, ya no tengo esa caja en mi poder, ni la tendré nunca.

—No esté tan segura —le respondió Elizabeth con una mirada completamente vidriosa.

Al día siguiente persistió aquella lluvia monótona que se resistía a morir. Pasábamos las horas en un aburrido compás de espera, levantándonos de la mesa donde jugábamos a las cartas —la escoba, canasta, carioca— para refugiarnos en el dormitorio a oír caer la lluvia tendidos en la cama.

—Cuando amaine, le voy a pedir a Martín Imperio que

vaya a echar una carta a tu padre al correo de Las Lomas. Y que consiga un bote para cruzar el estuario.

Se había producido entre mi madre y Martín una especie de atracción y a la vez de roce sutil. A mí me resultaba una compañía agradable, llena de inesperados ribetes y un excelente compañero para las largas tardes de ajedrez.

Sobre la mesita de abajo, junto al fogón, mi madre se sentó a escribirle a mi padre. A su lado, la señora Agustina tejía una larga bufanda de punto clepsidra que parecía no tener final, mientras contaba la larga crónica de su último resfrío. Se quejaba de una artritis en un dedo, de lo difícil que era conseguir carbón de espino para la salamandra, de lo dura que era la vida en Maillines, desconcentrando a mamá. A su lado, Elizabeth, como siempre muy elegante, sacó el mantón indio de su clavecín «bien temperado» —como lo llamaba— y se sentó a tocarnos *El coloquio de las musas,* de Rameau, que era su pieza favorita. Las notas metálicas de aquella melodía nunca oída se desgranaron por la estancia y se mezclaron con las gotas frenéticas y persistentes de la lluvia...

El señor Alarcón fumaba su pipa en silencio y pintaba motivos de veleros y casas campestres en el interior de unas conchas de locos. A mi lado, en otra mesa con mantel a cuadros, Martín me enseñaba su colección numismática, heredada de su abuelo gallego que vivía en Dalcahue. Se había venido hacía tiempo de Vigo y poco a poco se fue adaptando a esas suaves colinas verdes con manzanos que parecían eternos y a esas barcas remotas que se desplazaban por los canales con sus cargamentos de erizos y centollas de color coral.

—Éste es un duro de plata con la efigie de Isabel II —me dijo, mostrándome una diminuta moneda de metal grisáceo con un rostro borroso bajo inscripciones ilegibles.

Yo me preguntaba si aquello era cierto.

—Y éste es un doblón español que se remonta a la época de Carlos III. Vale una fortuna.

El álbum tenía páginas gruesas con bandas horizontales de papel de seda en donde se introducían las monedas que, asomadas en esa forma, parecían lunas de plata.

Mientras mirábamos detenidamente con lupa aquellas efigies de emperadores, Elizabeth tocaba en el clavecín las *Invenciones a dos voces*.

De pronto, Martín se levantó de la mesa. El reloj de péndulo *Grand Father* del vestíbulo victoriano había dado nueve campanadas. Pese a ello, por aquella latitud sur en la que estábamos, aún había luz en el estuario. Entonces, guardó su álbum en una maleta, se puso su grueso abrigo negro, una bufanda larga enrollada al cuello y, luego de dejar la maleta en un rincón perdido de la cocina, se despidió.

—Otro día me acompañas a la Central —dijo.

Mi madre no quiso cenar esa noche. Cerró el sobre y subió al dormitorio antes de que Martín apagara la luz, allá lejos. Elizabeth estiró la lengüeta de fieltro con unas garzas bordadas sobre el teclado, cerró el clavecín y lo cubrió con una tela india.

—Mañana amanecerá un lindo día —dijo, asomándose por una ventana—. El cielo está tachonado de estrellas.

La señora Agustina sirvió los platos en la mesa rústica junto al fogón, mientras escuchábamos el caballo de Martín que se alejaba montaña arriba por el camino. A mi lado, los gatos dormían impertérritos en los sillones. Cenamos en silencio, intercambiándonos miradas cómplices con aquella mujer hermosa que me había inyectado una partícula de veneno en el corazón. De pronto, la luz se apagó y quedamos en una oscuridad total que lentamente se fue atenuando con el resplandor rojizo del fuego.

Ya la vista se había acostumbrado y los rostros adquirían ahora una apariencia teatral y fantasmagórica: la señora Agustina con su moño antiguo coronado por una peineta, el señor Alarcón con su silencio ancestral y Elizabeth, con sus rizos, sus aretes largos de piedra granate, su aire de postal de otra época —como las que guardaba mamá— sonriéndome al trasluz en una sugerencia de besos contenidos.

Al irme a acostar, llevaba su imagen en mi pensamiento como en un relicario, pero al apagar la vela, ese rostro se me difuminó súbitamente cuando volví a escuchar el ritual de los pasos en la escalera y a ver la graduación de la luz que se intensificaba y que luego se alejaba por el pasillo en dirección al cuarto que mi amigo Martín Imperio sistemáticamente cerraba con un candado.

La luz de una mañana de verano nos despertó. A mi lado, mi madre se arreglaba nerviosa ante el espejo, como si la mañana inconcebiblemente radiante fuese una señal de partida inminente. Yo me incliné y abrí los postigos sobre el estuario. Efectivamente, tal como Elizabeth lo había pronosticado el día de la llegada, la vista desde allí era extraordinaria. «Como estar en Suiza.» Tal vez se trataba de la mejor habitación del hotel. Al fondo, se divisaban el volcán nevado, las balsas en el agua, las ramas de las araucarias perladas de lluvia, las laderas en las montañas con el ganado pastando, como si nunca hubiese llovido y esos animales hubiesen estado siempre allí, estáticos en medio de esa masa vegetal.

Estuario azul, cielo azul, paisaje extraordinariamente

límpido y hermosamente húmedo. Abajo, en la cocina, también había un movimiento desacostumbrado, parecido al desasosiego de la sangre en días de primavera.

Mi madre bajó y fue a pedirle a Martín que se consiguiese cuanto antes un bote para pasar a Las Perdices. Él simplemente se sonrió, sabiendo que dominaba al fin la situación.

—Volveremos por tierra a Puerto Montt —dijo mi madre—. No vuelvo a hacer otro viaje por el estuario. Y aquí tiene, Martín. Es una carta para mi marido. ¿Puede echarla al correo?

Martín estaba irguiéndose en su posición de controlador de nuestra peripecia. Lentamente, con esa cautela suya, un poco ladina, le explicó a mi madre que en Maillines no había correo, pero que en el poblado que estaba al pie del Cerro de la Ballena había una pulpería que recibía las cartas de los habitantes de ese sector del estuario. Una vez a la semana pasaba el falucho y un hombre a caballo bajaba hasta el embarcadero con las cartas para entregárselas a Abraham Castro.

—Jamás se ha perdido nada en el estuario —concluyó.

Era jueves. Hacía una semana exacta que estábamos en el hotel, por consiguiente era el día que pasaba nuevamente el *Curacautín* por el estuario. A las seis de la tarde atracaba en el embarcadero del Cerro de la Ballena, donde se recogía la correspondencia, de modo que había tiempo para llevar la carta en el transcurso de la mañana a la pulpería. Con suerte y buen tiempo, de seguro que mi padre tendría la carta en tres días, es decir, antes de nuestra llegada. Al menos, podía tener noticias de nuestra peripecia suavizada por la pluma de mamá.

—Está bien, dése prisa, por favor, Martín. Es urgente.

Mi marido debe de estar intranquilo y es preciso que reciba pronto esta carta.

Martín me miró amistosamente. Un relámpago le había cruzado la mirada.

—¿Quieres venir, Víctor Manuel?

Dirigí una mirada a mi madre.

—¿Van a ir en automóvil?

—Aquí no hay carretera, señora. Ni siquiera camino. Se va a caballo.

Hacía años que no montaba. Una vez había cabalgado en el lago Pitama, cerca de Valparaíso, después de una visita a las hermanas Fresia y Elvira Pillado, que tenían una casona en Placilla, cerca del mar. Habíamos montado después del té para ver los bosques de pinos y las plantaciones de alfalfa que tenía la familia en un valle de palmas chilenas.

—No sé si deba —respondió mi madre.

Pero Martín la convenció, asegurándole que el aire sureño me haría bien y que además no había que tener cuidado. El matrimonio Alarcón y la misma Elizabeth apoyaron a Martín, así que inmediatamente salimos a las caballerizas. Martín montó en Essex y yo en Lanchester. Eran los nombres de los caballos favoritos de la reina Isabel II de Inglaterra, de quien Elizabeth tenía un gran retrato en su habitación.

Cuando salimos montados del establo, mi madre se acercó.

—Y dígame, Martín, ¿no será posible hacer desde allí directamente un llamado telefónico?

Martín, con su tono veladamente irónico, le explicó que no había teléfonos. El único contacto con el mundo exterior era precisamente el correo, de modo que estábamos prácticamente incomunicados. Ya habíamos comprobado que los niños de allí no sabían siquiera lo que era un helado. Nunca habían visto un auto o un triciclo. Lo único que conocían los niños de Llanada Grande era el caballo. Sus entretenciones favoritas eran ir al río a pescar truchas o al bosque a perseguir liebres. Apenas se escuchaba radio a ciertas horas del día. Pero a los habitantes del estuario parecía no hacerles falta el contacto con la civilización. Eran felices así.

Elizabeth también se acercó.

—Adiós, Víctor Manuel —dijo, acariciando el lomo de sus caballos.

Pronto nos alejamos del hotel. Afuera, en el porche, en medio de los graznidos de las gaviotas, bajo la bandera de Inglaterra que flameaba con el vientecillo frío del estuario, se quedaron las mujeres haciéndonos señas, mientras adentro, en su pequeño taller de compostura de calzado, el señor Alarcón reparaba las botas de media caña de los pescadores de Maillines.

Allí estaba la iglesita del pueblo, forrada con pequeñas tejuelas de alerce pintadas de tono cobrizo por el liquen sutil. Martín contó que estaba consagrada a la memoria de santa Filomena, pero que cuando la descanonizaron en un remoto Congreso Vaticano, el cura párroco la sacó del altar mayor y la relegó a una nave secundaria, poniendo en su lugar una imagen de la Virgen del Carmen, patrona de Chile.

A Martín le gustaba contar historias de curas del pueblo, de fantasmas, de ánimas en pena, de aparecidos y del diablo vestido de caballero, con frac y sombrero, que se les aparecía a los forasteros detrás de las zarzamoras, cuando éstos viajaban en carruajes. Pero de todas esas leyendas, la que más lo cautivaba era la de Celestino Montes de Oca. Él había visto a la mujer negra que trajo del Perú, remando sola en el estuario, con la vista perdida en la lejanía. De pronto, había sonado el cuerno del padre Celestino y ella había remado rápidamente hasta la orilla...

—Es verdad, Víctor Manuel. Yo la vi. Una señora africana en medio del estuario.

Los caballos subían los roquedales y encontraban estrechos senderos bordeados de tupidas madreselvas. Allá abajo estaba la cabaña del botero, en medio de un bosquecillo de alerces. Luego de indicármela, enfilamos por un caminillo de grava que descendía por la ladera suave con vistas al estrecho. Abajo, tras una tapia cuajada de rosas silvestres, asomó una mujer con un pañuelo a la cabeza.

—No. José Pedro no está. Fue al Cerro de la Ballena al funeral de doña Berta Maturana.

Los emplastos con hojas de nalca, los secretos de las hierbas medicinales, los sahumerios con agua bendita y palo santo, las infusiones con llantén y salvia, las oraciones pías contra el mal de ojo, los conjuros para ser dichos con agüita de luna... todo, todo lo sabía doña Berta Maturana.

—En Las Lomas puede encontrar a José Pedro. Y si lo quiere para un mandado, mañana va a estar por aquí. Hoy es imposible y raro será que encuentre a otro botero. Andan todos en el funeral.

La mujer se quedó en medio de sus gansos, mientras nosotros nos alejábamos con nuestros caballos, subiendo la cuesta y enfilando por detrás del Cerro de la Ballena, en medio de un paisaje con robles-pellines que tenían unos líquenes colgando, semejantes a barbas de viejo.

Las Lomas parecía una aldea fantasma. El viento formaba remolinos en las esquinas de las casas y levantaba el polvo en los resquicios de las puertas. Sentadas en sillas de mimbre, unas mujeres vestidas de luto carmelita se entibiaban al sol. Eran las únicas que no se encontraban en la pequeña iglesia coronada por un campanario donde se realizaba el funeral más comentado del estuario.

Adentro estaban todos los vecinos en la misa de la madrina de cientos de niños de Canutillar, Las Gualas, Cayutué, Pocoihuén y Llanada Grande. Allí estaba en caja de palo, la sabedora de historias, la infaltable en los casamientos, bautizos y trillas, cantando versos y coplas guitarra en mano.

Las mujeres más ancianas, aquellas que por la edad no habían acudido, pero que se habían quedado en los umbrales aguardando a que apareciese el sepelio, recordaban cuando ella salía de noche a buscar una fumarola azul entre los matorrales. Con toda seguridad, allí había un entierro. Y aunque los hombres de Río Puelo, de Arcos, de Frontera, de Cochamó, de Ralún, de Paso del León, de Monte Sombero y de Lleguepe jamás encontraron nada, siempre buscaron afanosos la cacerola repleta de monedas de oro, allí donde doña Berta Maturana apuntaba con su huesudo índice curvado hacia la tierra.

Hoy todos estaban allí. Hasta los vecinos de Las Viguerías y de Trinidad habían acudido en sus balsas de totora. También los ahijados de Playa Milcas y las sobrinas de Ventisquero y Pucheguín. Todos los habitantes del estuario estaban de duelo, menos la esposa de José Pedro, la del embarcadero, que de miedo y respeto no había querido ir al velorio; tampoco los Alarcón, que ni siquiera fueron avisados, ni los empleados de la pulpería La Yapa de Oro, que ahora timbraban la carta para mi padre detrás de una ventanilla y anotaban una cifra en un cuaderno viejo.

Mientras Martín se quedaba en el almacén —que vagamente me recordaba la tostaduría de mi padre con su aroma a nuez moscada, a pimienta dulce y a cáscara de cacao—, yo salí de allí y me puse a pasear por aquellas calles desiertas, con letreros de latón que se batían con el viento.

De pronto, la comitiva salió de la iglesia. Una campana de timbre agudo empezó a redoblar a muerto. En las veredas de enfrente, las ancianas solitarias se protegieron la vista con una mano para ver salir a doña Berta Maturana, que las precedía «con los pies hacia adelante» como había vaticinado que la sacarían una tarde de viento. Los hombres que la cargaban al hombro la depositaron en una carretela, y luego partieron con ella rumbo a la colina del camposanto. Las lloronas, vestidas de negro, con ramos de flores, iban delante. Los hombres, severos, atrás. Sólo se oía en el pueblo el chirriar de las ruedas, los pasos avanzando en silencio y el murmullo de los rezos. Atrás, los niños llevaban ramilletes de flores silvestres: lágrimas de Venus, zapatillas de la Virgen, espuelas de galán y calas espolvoreadas de blanco que les salpicaban las camisas de polen dorado.

Como una fúnebre serpentina, el sepelio de la anciana más venerada del estuario se desenroscó por las calles de Las Lomas —ese jueves del Caleuche— y pasó delante de los hombres de la pulpería, que se sacaron respetuosos los sombreros, de las mujeres que se persignaron y de los caballos que, amarrados a la barra del almacén, relincharon como si un espectro los hubiese espantado.

Fue en ese momento cuando descubrí a los muchachos de Río Puelo que venían en la embarcación, cuando con mi madre navegábamos en el estuario. Allí iban detrás de la urna de la abuela que se alimentaba de miel de ulmo, pétalos de copihues blancos, estambres de fucsias en almíbar y queso de leche cortada con tripa de oveja.

Junto a ellos iba el padre que habíamos visto en el *Curacautín* y que se bajó al bote con expresión apesadumbrada. Allí iban todos detrás, llorando unos, distraídos otros, con sus flores en medio de las mujeres. Sin embargo, advertí que faltaba Artemio, el muchacho de mirada ausente con el que había trabado amistad por cierta manera especial de comunicarse con los gestos y la voz.

Martín me hizo una seña. Quería que lo esperara un momento. Ahora que la fila de deudos había desaparecido en el silencio de la tarde y que la calle se poblaba de ruidos fantasmagóricos, quería volver un momento más a jugar a la brisca con los viejos amigos. Teníamos además que esperar a que el botero regresase del cementerio para plantearle la posibilidad de que nos trasladase con mi madre al otro lado del canal al día siguiente. Por de pronto, ninguno de los hombres de la pulpería se interesaba en llevarnos a Las Perdices.

Después de conversar con ellos, Martín desapareció con un vaso de vino detrás de la cortina de hilos brillantes, dejándome en la vereda, junto a los caballos, en medio del viento.

La luz de la tarde proyectaba sombras alargadas. Mi figura se estiraba como invitándome a ir tras ella por esa forma aguzada que apuntaba hacia una calle con pozas de agua, en donde habían quedado dispersos clavellinos mustios y volantines enredados en las ramas de los ciruelos.

Caminé por la senda, tratando de alcanzar mi sombra. En las ventanas, colgando en jaulas, piaban los chirihues de plumaje amarillo. En otra jaula de madera, un tordo saltaba de rama en rama. No había nadie en esa calle desierta. Sólo la brisa con su aliento de agua dulce removía apenas las hojas de los mañíos. De pronto, al dar vuelta una esquina, escuché el rebote monótono de una pelota en el muro. Allí, en una plazoleta, estaba Artemio, solo, con expresión atónita, como un pequeño inocente con su juego.

En esos instantes, sus ojos me reconocieron. Lanzó la pelota y se acercó a mi lado. Sentados en un banco, trataba de hablarme, pero no era capaz de expresarse con palabras. Me miraba de una forma que yo no sabía interpretar. Hacía gestos, murmuraba... Parecía una escena de pesadilla, porque aquel muchacho —el único que no había acudido al sepelio de su abuela— además de comunicarme su alegría por verme, deseaba explicarme algo que yo no acertaba a comprender.

En aquel radio de cuadras de casas bajas, enchapadas en tejuela, con pequeños jardines húmedos, el único ser humano era un adolescente olvidado que me trataba de transmitir, por extrañas señas, un oscuro mensaje.

4 *Invitación a un recinto mágico*

Después de deambular por las calles de ese pueblo fantasma y de saludar, por señas, a los viejos sentados en sillas de paja, Artemio me llevó hasta su casa, invitándome a entrar, como si se hubiera acordado de súbito de algo importante que se encontraba en su interior. De inmediato entramos a un salón desordenado y en penumbras. Por todas partes había muebles viejos, candelabros apagados, un reloj en sombras y flores lacias en los jarrones.

Artemio me guió por un largo pasadizo con otras habitaciones empapeladas. Por mi mente pasaban fugaces los temores y recuerdos. Pensaba en Martín. Posiblemente no se había percatado de mi ausencia mientras bebía con sus amigos en el viejo emporio. Tal vez creería que me hallaba junto a los caballos. También en Elizabeth, que estaría mirando su álbum con postales de la reina Elizabeth I de Inglaterra o leyendo la biografía que sobre ella escribió Ernst Higham y que tanto le gustaba... Y en mi madre, impaciente tal vez porque no regresábamos... Nos estaría aguardando con las maletas listas, sin sospechar siquiera que ya no nos marcharíamos esa tarde, sino, con suerte, al día siguiente.

¿Y la señora Agustina? ¿Tejería acaso sus bufandas de punto garra de lobo junto al señor Alarcón? Avanzando por esas frías habitaciones de la casa de Las Lomas, no podía dejar de pensar también en mi padre, allá lejos, cuyo rostro me venía siempre a la mente cuando quería buscar en el fondo de mi corazón un hálito de ternura.

Una vez en la cocina, Artemio me ofreció un plato de murras. Yo rehusé, explicándole que ya debíamos volver a la pulpería, pero él insistió en que saliésemos al patio. Saltamos unas pozas de agua, unas matas y después de espantar unos pavos que venían graznando, llegamos al pequeño cobertizo donde la abuela guardaba sus secretos mágicos. Allí estaban sus pócimas, una balanza con pesas diminutas, frascos de bruja con etiquetas pintadas y hierbas secas aromáticas. El recinto olía a polvos mentolados, a extracto de perfume o a piel de nutria. Artemio gesticuló, apuntando hacia la repisa más alta de la alacena. Fue entonces cuando mi vista se dirigió hacia donde él señalaba, allí donde estaban alineadas las botellas de espumas misteriosas, las ristras de truchas secas y las pastillas de jabón que olían a diablo. Al lado de unos atados de quillay para aclararse el cabello, de trozos de salmón ahumado en leña de ulmo y de patas de conejo engarzadas, estaba intacta, asomada al borde de la última repisa, la caja envuelta en papel azul.

A través de la débil luz que se filtraba por las rendijas del techo, era posible reconocerla con sus amarras, tal como la había anudado Sonsoles Montes de Oca, allá lejos, en el pueblo castellano. Con cuidado, apoyamos una escala en la estantería. Artemio la sujetó desde abajo y yo subí con el corazón temblando. Allí estaban ordenados los frascos donde naufragaban frutos misteriosos, los paquetes de yerba-mate, las culebras disecadas y las cuelgas de marisco que daban al ambiente un olor salino de viejas estrellas de mar.

Tomé la caja, la sujeté bien, y ya estaba por bajar, cuando Artemio comenzó a gritar. Sentimos ruidos. Luego, pasos. La familia ya regresaba del funeral. Ahora alguien abría la puerta de la cocina que daba al patio. De pronto, antes de que alcanzase a bajar, la puerta se abrió y por ella entró el padre de Artemio. Cuando encendió la luz, el cobertizo se reveló en su verdadera dimensión de vieja bodega, con sus azadones, rastrillos y sacos de semillas.

—¡Qué hacen aquí! —exclamó.

Yo estaba asustado; sin embargo, a los pocos instantes, el hombre me reconoció con visible sorpresa. Entonces me aclaró el misterio de aquella caja y me relató por qué estaba allí, en el bodegón de su madre que era también su laboratorio de sueños...

Por primera vez sonriente, me explicó que al bajar a los botes del estuario, Artemio había tomado la caja y la había echado dentro de uno de los sacos. Sólo se dieron cuenta cuando llegaron a la casa y sacaron la fruta. Le contaron a la abuela esa misma noche en que dijo que había oído nítidamente las campanadas del buque fantasma navegando por el estuario, y sonriendo les dijo que la guardaran en la bodega, que cuando se mejorara, ella misma se la llevaría a Celestino Montes de Oca, ya que eran viejos amigos. Lamentablemente no alcanzó a llevarla, pero el hombre se había hecho el ánimo de ir personalmente a llevar la caja al antiguo sacerdote del estuario una vez que hubiese terminado el funeral.

Contento, lo abracé. Casi no podía creerlo. Tenía en mi poder aquella caja. Salimos al patio y, al entrar a la casa, vimos a unas mujeres que prendían la cocina a leña y servían chicha de manzana. Uno de los niños me ofreció milcao con miel. Pero yo quería irme. Entonces, cruzamos otra vez las habitaciones donde las mujeres alineaban las sillas a lo largo de las paredes. El hombre de ojos somnolientos me fue a dejar hasta la puerta, mientras unas beatas retiraban unos candelabros altos de metal para devolverlos a la iglesia.

—Hasta pronto, muchacho. Buen viaje.

—Hasta luego. Y gracias.

Me despedí de aquellos niños taciturnos y luego abracé a Artemio, que me miró con una sincera expresión de alegría.

Sin volver la vista atrás, me alejé de aquella casona, corriendo por la calle de jaulas amarillas.

5 La última velada

Conocedor de la historia, Martín no podía creer que hubiese recuperado la caja. Muy contento, me presentó al botero que nos iba a cruzar a Las Perdices, muy temprano, al día siguiente.

—Mañana a las nueve —dijo escuetamente, mientras se calaba hasta las orejas el gorro de lana chilota que usaban todos los pescadores del estuario.

Y mientras se alejaba, vimos que el pueblo volvía a tomar su apariencia real. Las casas adquirían otra vez su contorno a la luz de la lámpara de la tarde.

Después, salimos de Las Lomas con un suave galope. Con mi poncho puesto y sosteniendo las riendas y mi tesoro, iba feliz mirando la puesta de sol, las laderas verdes con casas a lo lejos, las pequeñas huertas de habas y arvejas, los animales inmóviles que tanto me llamaban la atención, las cumbres nevadas a lo lejos, y los campesinos de los alrededores, que, por diferentes caminos y en silueta, volvían a sus casas, cabalgando muy lentamente.

Veníamos subiendo por la calle polvorienta cuando vimos venir a mamá, impaciente por nuestra tardanza.

—Salimos mañana, mamá —le dije, escondiendo bajo mi poncho de Castilla la caja azul.

Una vez que llegamos a las pesebreras, desmontamos y dejamos los caballos con alfalfa y agua. Todavía Martín debía volver a salir para apagar las luces del estuario. Elizabeth vino también a nuestro encuentro. Sin embargo, la encontré extraña, con una aureola de misterio, como si presintiera que ésa iba a ser la última noche que estaríamos juntos bajo el mismo amparo del hotel.

Fue en la cocina, cuando puse delante de todos, encima de la mesa, como si fuera una redoma encantada, la caja azul.

Mi madre no se lo podía creer. Elizabeth, nerviosa, se llevó las manos a la boca y se ajustó su prendedor antiguo de señora sin saber qué decir. El señor Alarcón frunció el ceño y la señora Agustina exclamó persignándose:

—Yo lo decía, señora Estrella. Esto es asunto del buque fantasma o de mi comadre, la Berta Maturana, que en paz descanse. Sentí tanto no haber ido al entierro, pero recién ahora me vinieron a avisar. Dicen que era bruja y aquí sobre esta mesa está la prueba. Ella no más es la que ha hecho aparecer la caja justo hoy jueves, cuando se aparece el *Caleuche,* precisamente el día de su funeral. En ese buque se ha ido la Berta... Pueden estar seguros...

Yo conté la historia refiriendo con todo detalle cuanto había ocurrido en Las Lomas mientras transcurría el entierro.

—Ya lo decía yo —dijo Elizabeth al término de la relación—. Nada se pierde en el estuario. Todo se recupera.

—O todo se transforma —dijo recalcando la última palabra con segundas intenciones la señora Agustina mirando la caja—. Quisiera saber qué hay ahora allí dentro... o en qué transformó mi comadre el contenido de esta caja.

Pero mi madre no creía en supersticiones. Se limitaba a oír esas leyendas del estuario, consciente de que eran historias fantásticas de gente de pueblo. Para ella, lo importante era tener allí su caja intacta y con las mismas amarras de Sonsoles.

—Habrá que abrirla, pues. ¿No será todo esto algo del Malulo? —preguntó el señor Alcorcón, tímidamente, poniéndose los índices levantados a cada lado de las sienes.

—No se hable del demonio —dijo asustada la señora Agustina cruzando los dedos.

En ese instante el viento remeció las viejas latas de cinc en el techo del hotel.

—Un latón suelto —comentó el señor Alarcón con una voz velada por el miedo.

En medio del silencio y del ladrido espaciado de los perros, oímos unos pasos desacostumbrados en el porche. Sin embargo, no eran los pasos de Martín. Los hubiéramos reconocido. Además, no eran todavía las nueve de la noche. Hacía poco había salido a la Central Hidroeléctrica en Essex. A esa hora, se hallaba a punto de apagar las luces del estuario. Era demasiado temprano para que hubiese regresado... Tal vez eran imaginaciones nuestras, acaso el viento agonizando en el estuario...

Otra vez nos quedamos en silencio, aguardando. Hasta que escuchamos otra vez ruidos en el porche. Era el viento que agitaba las ramas de las araucarias o las olas lamiendo los pilotes del embarcadero.

—No es nada —dijo la señora Agustina, respirando hondo.

Pero no acababa de serenarse cuando oímos unos golpes secos de la aldaba en la puerta. Cuando volvieron a golpear, el reloj de péndulo dio nueve campanadas. Entonces, el hotel quedó sumido en la más completa oscuridad.

Cuando nuestros rostros comenzaron otra vez a surgir nítidos en la penumbra, Elizabeth se levantó y encendió el quinqué.

—¿Quién tocará a estas horas? —preguntó.

En esos instantes, un pájaro cantó.

—El chucao —dijo la señora Agustina—. Cuando canta al sur, es seña segura de que algo extraordinario va a ocurrir.

—Está cantando al norte —rectificó tímidamente el señor Alarcón.

La señora Agustina le lanzó una mirada fulminante.

Mi madre, presa de un sentimiento de desconfianza, sacó la caja del centro de la mesa y la escondió entre los cojines.

Elizabeth quitó la tranca y corrió el cerrojo. Enseguida se escucharon los cascabeles de la puerta.

—Buenas noches —dijo una voz masculina con marcado acento extranjero—. ¿Tiene habitaciones?

Elizabeth pestañeó varias veces al reconocer ese inconfundible acento. Allí, delante de ella, había un hombre alto, joven, de barba espesa y grandes zapatones que hablaba un castellano dubitativo.

Era la ocasión que Elizabeth estaba esperando. Fue entonces cuando por primera vez, la oímos hablar en inglés, al comienzo con cierto pudor. Luego, ya más liberada, entabló un diálogo fluido con ese forastero de modales seguros que firmaba el libro de registros a la luz de la lámpara de petróleo.

Traía una gruesa manta, guantes y pasamontañas. Aunque la noche estaba estrellada, hacía frío y el viento le había enrojecido el rostro. Elizabeth, cambiando al castellano, repitió como una autómata lo que nos había dicho a nosotros la noche de nuestra llegada al hotel, en un renovado ritual.

—Arriba están las habitaciones. Le daré la mejor... ¡Con vistas al estuario! Usted va a ver... Es como estar en Suiza.

El hombre tomó su equipaje y desapareció tras Elizabeth, que llevaba en alto la lámpara, subiendo las escaleras.

—No hay demasiados pasajeros en el hotel —dijo con su voz atenuada—. Estamos en temporada baja.

Esa noche, como preparando una ceremonia ancestral, cada vez que llegaba un nuevo huésped, el señor Alarcón sacó la guitarra de su funda azul y estuvo largo tiempo afinándola.

—Buenas noches, señora Agustina. Vamos a subir —dijo mi madre, levantándose de la mesa—. Mañana a las nueve tenemos que estar en el muelle.

Tomamos nuestros candeleros y subimos al dormitorio. Al dirigirnos por el pasillo, nos cruzamos con Elizabeth, que venía en sentido contrario con su quinqué, haciendo titilar nuestras sombras en la pared.

Nos hizo una venia deseándonos buenas noches y se alejó como un fantasma femenino dejando una estela a perfume de clavel. Más tarde, al abrir nuestras camas, sentimos que el forastero bajaba a cenar. Luego oímos las mismas tonadas campesinas y cuecas antiguas de Chiloé que habíamos oído la primera noche. Ahora estaban cantándole *El Tornado,* y aún hoy día, cada vez que vuelvo a oír esa vieja canción, no puedo dejar de pensar en aquellos días perdidos del hotel London.

Con los ojos cerrados en la habitación, los imaginaba a todos allá abajo y me dejaba guiar por los sonidos que llegaban mitigados por la distancia.

Ahora Elizabeth tomaba la guitarra y punteaba con dedos seguros, cantando baladas en inglés. Por primera vez la oía cantar en ese idioma *Love is like a song, Whispering, Hearts and flowers...* Luego oí los pasos de Martín, que regresaba de la Central... Esta vez había ido a cenar con ellos para conocer al pasajero que venía de lejos. Allá abajo estaban todos... sin nosotros. La velada se había prolongado, pero yo no había querido bajar. No lo habría soportado.

Luego pasaron a la salita contigua. Muy rápidamente se ganaron la simpatía del nuevo huésped. A nosotros, en cambio, solamente al tercer día nos abrieron ese recinto minúsculo presidido por los retratos de la reina Elizabeth de Inglaterra.

En la penumbra de mis ojos cerrados podía verlos sentados allá abajo. Con rostros sonrientes estaban todos bajo los cuadros del rey Jorge V y la reina Victoria: la señora Agustina en su mecedora favorita; el señor Alarcón en el sofá con pañitos de crochet en la cabecera; Martín en el sillón verde oscuro, con su poncho, bebiendo mate con bombilla de alpaca y llenándolo de vez en cuando con la tetera que hervía en el brasero fragante a azúcar tostada; el inglés, en el canapé rosa con mapas de humedad, mirando a Elizabeth que tocaba a Scarlatti en el clavecín violeta, «bien temperado», a la luz de un candil...

La última noche que pasábamos en el hotel, ella sonreía para un nuevo huésped, mientras yo, en la penumbra de mi habitación, oía los sonidos metálicos y ligeramente destemplados, tratando de fijar para siempre aquel momento crepuscular.

Cuando por fin entré en el sueño, todavía resonaban los compases definitivos y mecánicamente estudiados de la *Pavana* de Pergolesi interpretada en el clavicordio antiguo de la madre Edith.

A medianoche, un ruido me despertó. Me levanté de la cama y me asomé a la ventana. Allá abajo, cumpliendo un extraño ritual, extrañamente vestida de reina Isabel I de Inglaterra, con cetro y corona, arrastrando una pesada cola de terciopelo rojo, estaba Elizabeth, sola al pie del balcón, mirando hacia el estuario, con una copa de vino brindando a la luna llena...

6 *La despedida*

La mañana siguiente fue febril y apasionada. Muy temprano ya teníamos nuestro equipaje en el vestíbulo. La señora Agustina, muy nerviosamente, nos había preparado un desayuno especial con pan amasado, dulce de camote y picarones calientes en almíbar de chancaca con corteza de limón. Bebimos el té humeante a canela en unos tazones que tenían la palabra «Recuerdo» y que antes habíamos visto guardados en la vitrina. Era agradable y triste al mismo tiempo: aquella luz, esa intimidad... Les habíamos tomado cariño a los Alarcón. La señora Agustina trataba de atendernos como si fuésemos familiares a quienes no iba a ver por mucho tiempo.

—Los voy a extrañar tanto, señora Estrella.

Elizabeth llamó a mi madre aparte y le extendió la cuenta con todos sus detalles. Ella miró la hoja escrita con la impecable caligrafía Palmer de Elizabeth y sin leerla casi, doblándola en cruz, la guardó en la cartera, diciéndole que la llevaba como un recuerdo de aquella semana en el estuario. Elizabeth, a su vez, le entregó varios folletos artesanales en forma de tríptico con propaganda del hotel para que repartiese a las amistades de Valparaíso.

Entretanto, yo pensaba en el forastero británico que dormía allá arriba. Era demasiado temprano para estar allí desayunando con nosotros. En todo caso, nadie lo mencionó y podría haber sido un huésped fantasma que todos hubiésemos inventado.

Mamá subió a la habitación a buscar sus sombrereras y yo me quedé despidiéndome del señor Alarcón y dándoles nuestra dirección en el puerto. A mi lado, Elizabeth se puso un abrigo rojo y sombrero de fieltro en el tono. Llevaba el cuello cerrado por uno de los prendedores de su colección y un suave pañuelito asomándose. Se miró en el espejo del vestíbulo y antes de salir, mientras aguardábamos a que bajase mamá, me llevó a la salita de música, desordenada por la velada de la noche anterior, con partituras abiertas.

—Te voy a extrañar, Víctor Manuel... Toma, para que siempre me recuerdes, voy a regalarte esta fotografía. Ya no la necesito.

La tomó de la cubierta del clavecín. Estaba enmarcada en un sencillo marco de lámina de plata. En el centro estaba ella, con aquella sonrisa que no perdía nunca, con cetro, corona y manto de reina, en aquellos días felices de las Monjas Inglesas.

—Gracias —le dije.

La miré intensamente a los ojos y me acerqué a ella sabiendo que ése era el momento que había esperado durante todos esos días en el viejo hotel, el momento que aguardaba en secreto mientras salíamos a caminar por la pequeña huerta de hortalizas mojadas por la lluvia, a visitar la iglesita cuando escampaba, a conocer las flores silvestres por su nombre, a pasear por el bello cementerio campestre o a mirar si en la glorieta del té habían madurado los damascos imperiales. Era el momento de darle un beso. Mi primer beso. Pero ella, en un verdadero movimiento de ballet, giró como si aquélla fuese una danza que alguien interpretaba en el clavecín y abrazándome cariñosamente, me besó en la mejilla.

—Te voy a extrañar, Víctor Manuel —dijo pestañeando muchas veces, como tratando de quebrar cierta intimidad.

Y guardando el retrato en el bolso de viaje, salí del vestíbulo con Elizabeth.

Martín abrió la puerta haciendo sonar los cascabeles.

—¿Está segura, señora Estrella, que no se le queda nada en el hotel? —preguntó con segundas intenciones.

—No —respondió mi madre con una sonrisa cómplice tomando con mucho cuidado las cuerdas de la preciada caja azul.

Inmediatamente empezamos a bajar por el camino del embarcadero. La mañana estaba radiante y el aire transparente. Adelante iba Martín con su chaquetón de Castilla, llevando la maleta más pesada. Detrás iba mamá del brazo de Elizabeth que, sin saber cómo, se equilibraba perfectamente en esas calles con sus aguzados zapatos de taco de aguja.

En el porche, la señora Agustina nos hacía señas, en tanto que el señor Alarcón miraba completamente ajeno, con expresión ausente.

Al llegar abajo, frente a la iglesita que siempre estaba cerrada, miré hacia atrás para ver por última vez entre las ramas del árbol de los culebrones, el letrero del hotel, la bandera inglesa que ondeaba y la construcción de vieja madera humedecida por las lluvias. Arriba, en el segundo piso, se asomó un hombre joven de barba cobriza y se quedó observando cómo bajábamos hacia el estuario.

—Víctor Manuel, no te quedes en el camino. Baja —gritó mamá.

En el embarcadero, ya estaba el hombre de la tarde anterior, esperándonos en el bote.

Nuestros pasos retumbaron en las maderas. Abajo, las algas verdinosas se enredaban como locas serpientes con el vaivén del agua. Semejaban cabelleras de trapecistas de circo que un día se hubiesen ahogado en el estuario.

Ahora, mientras mi madre intercambiaba las últimas palabras con Elizabeth, Martín se me acercó con aire amistoso:

—Te voy a regalar este medio real de plata. Guárdalo como recuerdo de tus días en el estuario. Y de nuestro viaje a caballo a Las Lomas.

Asombrado, tomé la pequeña moneda que tenía acuñada la efigie de Fernando VII por una cara y por el reverso, el escudo de España.

—Es una de las últimas monedas acuñadas en Chile por la Corona —añadió—. Sé que la sabrás apreciar.

La apreté en mi puño y lo miré a los ojos. Habíamos convivido en el hotel por poco más de una semana y, sin embargo, se habían estrechado entre nosotros vínculos de amistad en esa vida aislada. Ahora iba a recordar para siempre a Martín tendido en su butacón junto al brasero tocando el rabel, poniendo tangos en la vitrola, leyendo *Selecciones* del Reader's Digest o pasando en silueta con el quinqué encendido, delante de la puerta de mi habitación, todas las noches, después de apagar todas las luces del estuario.

—Adiós, Martín —le dije abrazándolo.

Elizabeth se estaba despidiendo de mi madre. Ahora acomodaba los bultos en el bote y ayudaba a mamá a bajar por la escalerilla.

Entonces, vino a abrazarme. Y todo transcurrió en silencio, como siempre ocurre cuando tenemos algo importante que decir y no lo decimos.

Salté al bote como a la realidad y no quise mirar hacia atrás para no morir. Pero cuando José Pedro soltó amarras, no pude resistir y miré hacia el embarcadero. Allí estaba Martín haciéndonos señas. Y también Elizabeth, con su abrigo rojo, con una mano en alto y con la otra sujetándose el sombrero, como una figurita de violín asustado desapareciendo en la lejanía azul del estuario...

7 La casa del molino de agua

AQUEL hombre remaba en silencio y, a medida que impulsaba el bote hacia la playa, se iban distanciando más, en la otra orilla, las figuras queridas del embarcadero, convirtiéndose en puntos cada vez más lejanos que, de pronto, al pasar al otro lado del promontorio de las gaviotas, desaparecieron totalmente de nuestra vista.

Ahora miramos hacia las casitas dispersas allá lejos, al otro lado de Canutillar. En los senderos que caracolean en los cerros, los niños pastores sentados en los faldeos nos hacían señas. Otros nos silbaban o nos tiraban semillas de achiras silvestres que formaban ondas en el agua.

Con mi madre íbamos en silencio. Sólo se oían los remos en el agua y las voces apagadas de los niños en las laderas. Ahora pasaban las torcazas volando sin rumbo y una que otra golondrina desorientada, rozando apenas con las alas la superficie del agua.

—Mira, mamá, una bandurria.

En los días de iniciación en el estuario, también había aprendido a distinguir las aves por su nombre.

Ahora, a medida que nos acercábamos a Las Perdices, la vegetación se iba haciendo más salvaje, más huraña, acaso más violenta. En las riberas del estuario florecían los notros con sus flores de color solferino. De las ramas más altas, pendían, confundidos con las flores auténticas, los racimos de quitral, la flor roja parásita de los árboles. Más allá se movían ligeramente los tupidos bosques de lingues, y en la parte más alta de las montañas veíamos la cadena de antiquísimas lengas cuyas hojas de color verde esmeralda recordaban la transparencia turquesa de las algas marinas.

Ahora pasaban graznando unos pájaros extraños de plumaje gris. Otros emitían cantos dispersos que repercutían con eco en las laderas. Luego venían rocas abruptas, lianas trepadoras, canelos centenarios con enredaderas de copihues, cascadas silenciosas que se descolgaban de las montañas como velos de novia en medio del follaje sonoro de los avellanos.

José Pedro seguía remando en silencio.

—Aquella casa que tiene molino de agua es la de Celestino Montes de Oca. Yo los voy a dejar en la playa.

Sorprendida, mamá le explicó que nos debía acompañar. Llevábamos demasiado equipaje con los regalos de los Alarcón, pero el botero rehusó diciendo que no se acercaba hasta la casa del padre Celestino.

Cuando encalló el bote en la arena, se bajó y nos ayudó a desembarcar. Luego caminamos junto a un muelle desvencijado hasta el pequeño sendero de maicillo que iniciaba la calle principal del poblado.

—Hasta aquí los dejo, señora. Y buena suerte.

—Gracias, José Pedro.

Tomamos nuestro equipaje y miramos hacia lo alto del sendero empinado entre una doble hilera de cipreses gigantes.

A medida que subíamos por la cuesta, llevando las maletas por el caminillo de grava, se iban corriendo las cortinillas de tul y unos rostros se asomaban. Allá abajo se iba alejando lentamente el bote... El silencio de Las Perdices era tan perfecto que se oía claramente la brisa fresca en los canelos, y allá lejos, el sonido de los remos en el agua...

110

Ahora casi llegábamos a la casa del molino. Una vieja, al vernos pasar, tomó la silla donde estaba entibiándose al sol y entró. Luego volvió a asomarse detrás de los visillos...

La casa de Celestino Montes de Oca estaba en un terraplén mirando hacia el estuario. Totalmente de madera, con paredes de tronco de pellín cubierto de musgo, tenía las ventanas cerradas. No se oía un solo ruido. Las aspas del molino giraban levemente con la brisa y emitían un sonido lejano y quejumbroso. Unas gallinas picoteaban en medio de las plantas y desaparecían bajo las enormes cinerarias.

—Hemos llegado —dijo mamá.

Y en su voz se reflejaba la emoción y acaso el temor de reencontrarse con Celestino después de tantos años. El amigo de infancia, el compañero de juegos en Fermoselle, el enamorado de juventud en Valle Las Huertas con el que iban al prado a ver los toros, estaba ahora allí, en el fin del mundo, al otro lado de esa puerta cerrada.

Demasiado tiempo había transcurrido desde esa tarde en que Celestino se despidió de todas las enamoradas del pueblo y les prometió regresar rico. Enteradas por cartas, supieron que se estaba adaptando en un puerto con palacios de madera y música de mandolinas. Pero lentamente aquellas cartas fueron espaciándose. Todas las muchachas, incluso ella, iban a casa de Sonsoles a preguntar por Celestino, pero la hermana mentía y a fuerza de decir siempre que pronto iba a volver a construir una mansión con palmera en el pueblo, fue ganándose la desconfianza de aquellas adolescentes ilusionadas, que lentamente comenzaron a olvidarse de aquel enamorado del Paseo de la Ronda. To-

111

das, menos mi madre. Por algo estaba ahora allí, con el corazón expectante, llamando a la puerta.

Después de un momento, se escucharon pasos en el interior. Alguien quitó la tranca y abrió. Una mujer canosa y con unos aros de luna menguante nos miró con desconfianza. Mi madre se identificó y explicó que había enviado una carta, paro la mujer nada sabía. Era fácil que se hubiera extraviado en el estuario o que aún no hubiera llegado... En todo caso, no estaban aguardando a nadie...

Mi madre le explicó el propósito de nuestra visita y pidió hablar con Celestino. Al cabo de un momento, la mujer regresó y nos hizo pasar a un amplio vestíbulo en penumbras. Los postigos estaban entornados y a través de la escasa claridad de las cretonas, adivinamos una gran lámpara de pie que la mujer encendió, iluminando la habitación de un matiz violeta.

Del cono de la pantalla surgió un débil reflector sobre unos cacharros de cerámica indígena. Luego, a medida que nuestros ojos se iban acostumbrando, distinguimos grandes tapices bordados con animales diaguitas de perfiles rudos. Con mi madre nos preguntamos por qué la mujer no había abierto mejor las ventanas en vez de encender las lámparas en ese cuarto encerrado con olor de viejos pergaminos.

Nos quedamos aguardando en aquella medialuz. La mujer había desaparecido. Otros pasos venían acercándose por el pasillo...

De pronto, la cortina se abrió como en un teatro y por ella apareció la figura de un hombre alto, canoso, vestido con un traje marengo, con cejas desordenadas sobre un cutis rosado con laberinto de venas azuladas.

—¡Celestino! —exclamó mi madre, reconociéndolo.

El hombre quedó estático, sin saber qué decir. Pese a su edad, a su porte delgado y aristocrático, tenía una actitud digna en su debilidad.

Dio un paso hacia nosotros y se quedó observando a mi madre.

—Soy Estrella, de Fermoselle. ¡Estrella Lorenzo!

Mi madre estaba transfigurada mirando intensamente a aquel hombre que, en un instante brevísimo, pareció rejuvenecer y volver al pueblo muy lejos.

—¡Estrella Lorenzo!

Yo sentí que no formaba parte de la escena. En la penumbra tibia de la habitación, mi madre corrió a abrazar a aquel hombre de porte altivo, que la abrazó también con alegría y dolor al mismo tiempo, en una actitud emotiva, sin palabras.

—¡Celestino!

Aquel nombre resonó en aquella habitación como un conjuro, como si fuese una palabra mágica proveniente del otro lado del océano. Acaso por sus mentes volvían a recuperar la infancia, a ser jóvenes otra vez y a cantar viejas canciones por el camino de los olivos, enamorándose quizás, con ese amor tenue de la primera adolescencia que es tímido y no se expresa aún con gestos ni palabras. Amor de media tarde, amor sombrío de cuartos solitarios. Un hombre y una mujer, tendidos en sus respectivas camas de respaldo de níquel en el mismo pueblo, separados por una calle y una plazoleta de naranjos, hace tiempo, allá lejos, pero «pensando el uno en el otro», como decía una tarjeta postal firmada por Celestino Montes de Oca que yo había encontrado una vez en una cartera de mamá.

Ella lo miraba a los ojos y aquel hombre volvía a ser

joven otra vez gracias al milagro de un recuerdo hermoso. Él también la miraba y volvía a verla, no como era ahora, con sus hebras blancas en el pelo, sino como en aquellos años, tal como la divisó tantas veces conversando con las amigas en el atrio de la iglesia, con un vestido estampado y un sombrero de paja de Italia. Así la había visto yo también en los retratos que ella fijaba con puntas en el álbum de tapas de cuero donde estaban las fotos de antes de venirse a Chile con la abuela Serafina.

—Éste es mi hijo Víctor Manuel —dijo mi madre.

Celestino reparó en mí y se quedó largo rato observándome.

—Tiene los rasgos de los muchachos de Fermoselle —señaló.

Luego nos sentamos en aquellos sillones de resortes vencidos, como fuera del tiempo. La mujer trajo refrescos y abrió las ventanas. Desde afuera, llegó una brisa fresca que levantó papeles agazapados e hizo bambolearse las telas indígenas en las paredes.

Mi madre continuó en su cadena de recuerdos deshilvanados por el nerviosismo. Le contó que estaba casada con Manuel Sanlúcar, a quien seguramente recordaba porque jugaban juntos al dominó en el casino del pueblo.

En ese tiempo, ella salía con las amigas al Paseo de la Ronda y se sentía sola porque mi padre se había venido a Chile, prometiéndole mandarla a buscar. El tiempo pasaba y no se producía el casamiento por poderes, debido a que recién se estaba habituando a la vida en Valparaíso junto con su hermano. Era cierto que le escribía, pero las cartas tardaban tanto...

A veces ella salía con las amigas y se encontraba con los muchachos en el Paseo de la Ermita. Juntos salían cantando aquellas coplas aprendidas de labios de los padres y los abuelos. Un lunes de Pentecostés, plena primavera, fueron todos a la Romería de Santa Cruz. Estaban los retamos abiertos y las amapolas salpicaban de rojo los caminos.

Conmovida por el recuerdo, mi madre, en aquella habitación del fin del mundo, cantó aquella canción de campo española que nunca le oí cantar:

«Las flores del romero
niña Isabel
hoy son flores azules
mañana serán miel»...

Todo el campo estaba florido. Cortaron un ramo de suspiros de color azul delante del Cristo de los Faroles. Celestino le iba pasando las flores para formar un ramo. Ése era el recuerdo que tenía del último día...

A la mañana siguiente, no quiso salir a despedirlo. Celestino se venía a Chile. Al sur del mundo. Quería conservar intacta esa tarde de flores azules en la memoria. Después fue sabiendo de él, pero perdió el contacto cuando se fue a Villalpando, donde estuvo cosiendo para unas monjas. Dejó también de ver a Sonsoles y por consiguiente de saber de Celestino.

En vista de que no había regresado, se casó por poderes con mi padre, a quien conocía de siempre, y se vino también a Chile, embarcada en Vigo con sus cuñados, con la secreta ilusión de reencontrarlo algún día. Lamentablemente, ese deseo no se cumplió porque no supo más dónde estaba viviendo y las últimas noticias que tuvo eran de cuando trabajaba en Iquique.

Luego, en el puerto fue difícil acostumbrarse, pero poco a poco se adaptó integrándose en actividades teatrales y a veces ayudando en la tostaduría.

Mi madre se quedó un momento pensativa. Luego añadió:

—No sé, al volver a ver a Sonsoles en la Cañada del Presidio, me vino todo el recuerdo de esa época, de cuando éramos todos felices y cantábamos los cantares de los viejos al pie de la ermita de San Sulpicio... Fueron tantos sentimientos juntos... Me reencontré con tantos amigos de la infancia... Habían pasado tantos años... Fue entonces cuando al hablar aquella tarde con Sonsoles se me representó vivo el recuerdo y el deseo de verte otra vez. Por eso, recibí ciegamente la caja y le prometí a tu hermana que te la traería personalmente, estuvieras donde estuvieras.

—¿Y qué es? —preguntó Celestino visiblemente intrigado.

—No lo sé —respondió mi madre—, pero te aseguro que ha sido una verdadera odisea traerla hasta aquí.

Sentados en aquel salón, mi madre le relató a Celestino el viaje por el estuario. Sorprendido por el curso de los acontecimientos, aquel hombre altivo, con su particular acento, dijo:

—Son increíbles los destinos del estuario, Estrella.

Enseguida nos invitó a que nos quedáramos con él por varios días, pero mamá le explicó que debíamos regresar cuanto antes. Celestino comprendió y le dio indicaciones respecto de nuestro viaje al día siguiente. Entretanto, traté de escudriñar hacia las habitaciones interiores intentando descubrir a la mulata peruana o a aquella momia infantil oculta en un rincón.

Mi madre y yo naturalmente teníamos unas piezas que no ajustaban en el intrincado rompecabezas de la vida de Celestino. Si la señora Olimpia estaba a cargo de la casa, ella tal vez debía saber de la existencia de aquella mujer de la que tanto nos habían hablado. Nos parecía que oíamos las voces de los seres que habíamos conocido a lo largo de ese viaje: «No puedo entrar en detalles, Madame, aún es tiempo de arrepentirse»... «Celestino Montes de Oca es sacerdote ¿no lo sabía?»... «No me hable de ese hombre. Un día volvió del Perú casado con una africana que custodiaba un catafalco»... «Ah, sí, él la llamaba con un cuerno cuando andaba remando en una canoa»... «Muchas veces vi a la negra en medio del estuario»...

Mi madre oía a Celestino los detalles de nuestro regreso, pero en realidad fingía oír, porque en su mente y acaso en su corazón bullían numerosas conjeturas en relación con el extraño destino de ese hombre...

La mujer volvió otra vez a la habitación y Celestino le indicó que nos quedaríamos a almorzar y que preparase nuestras habitaciones porque nos alojaríamos allí para salir al día siguiente.

Con una discreta venia, la mujer salió de la habitación y cerró la puerta. Sentado en un sillón, con aire ausente, Celestino hablaba a mi madre, que lo miraba absorta, sin perder detalle de aquella conversación que guardaría en su memoria como un tesoro, palabra por palabra...

8 Un verídico testimonio

Como al llamado de la lámpara de Aladino, lentamente va surgiendo otra vez la figura espectral de aquel hombre enigmático, cuya voz y personalidad cautivaron a mi madre durante toda su vida.

Para mí, aquella atracción continúa siendo un misterio. Pero así acontece a veces en la vida de los seres. Una persona corriente a ojos de los demás es un poderoso imán que cautiva terriblemente a determinadas personas para ennoblecerlas o para destruirlas.

Un día, sin siquiera saber dónde quedaba Chile en el mapa, ese hombre de hablar pausado se embarcó en Vigo en el *Leonora* —un buque italiano de emigrantes de antes de la Primera Guerra Mundial—, llamado así en recuerdo de la cantante Leonora Ducci. En su mayoría, los pasajeros eran gallegos de antes de la Guerra Civil Española, que venían a América a buscar fortuna. Pero las cosas eran muy distintas a como las pintaban allá los que volvían ricos. Había que trabajar mucho, dejando atrás las viñas familiares, los campos de olivos y las suaves colinas con pequeñas iglesias coronadas por nidos de cigüeñas...

En su corazón, con la cara abierta al mar, el joven Celestino albergaba la esperanza de mejores posibilidades de vida. En Castilla, el campo era muy duro. La casa, rústica. Pura piedra y madera. Las cepas se pudrían a veces con las lluvias y no daban uvas en otoño. Era necesario emigrar. Ya se sabía. Lo de siempre en los pueblos españoles de comienzos de siglo. La solución estaba en los conventos. O en los viajes al otro lado del Atlántico. La emigración a América para volver ricos al cabo de los años...

Unos iban a Cuba. Instalaban negocios, pequeñas panaderías y tiendas de encaje en La Habana. Otros emigraban a Argentina. Y en Buenos Aires trabajaban de camareros en las confiterías elegantes de la avenida de Mayo. Otros prefirieron Caracas y fueron dependientes en el barrio de la Candelaria. Hubo algunos que se aventuraron en Bogotá, Lima y Valparaíso. Y en las subidas empinadas de los cerros, fundaron lencerías, almacenes de loza o depósitos de longanizas de Chillán y jamón serrano en las calles adoquinadas del puerto.

Después de muchos meses de navegación, arribó a Iquique, donde unos compatriotas lo estaban esperando para que trabajase con ellos en un emporio de abarrotes. Sin embargo, don Saturio Portillero adoptó una actitud poco solidaria con él desde el primer momento. Era demasiado exigente y lo reprendía cada vez que entablaba conversaciones con los clientes o cuando se asomaba a la puerta para ver pasar el funeral de un bombero. Quería que continuamente ordenase las estanterías, acomodara los turrones de Jijona en una vitrina con mosquitero de tul, limpiase el letrero de *La Santanderina*, engrasara los rieles de las cortinas metálicas...

Lo que tenía que hacer era muy distinto a lo ofrecido por cartas. Y Saturio era muy estricto con él. Para eso lo había mandado a buscar. Para que trabajase. Desde el primer día tuvo que barrer permanentemente el negocio, repartir en bicicleta, lavar las aceitunas pasadas, poner las trampas para ratones, limpiar el moho de los chorizos...

A veces, se distraía admirando, a través de las vitrinas,

las balaustradas del casino o la fachada del teatro de ópera a donde iba a aplaudir las compañías de zarzuela que venían de España. Se sentía fascinado con esas personas enriquecidas súbitamente por el salitre, vistiendo gasas de Italia, sombreros de plumas de faisán y quitasoles de espumilla color maíz. Aquellas salidas solitarias eran para él su distracción.

Un día en que estaba de buen ánimo modeló un cerdito de manteca de piernas cruzadas, que puso de adorno en la vitrina. Aquel cerdito fue un imán. Y aunque Saturio Portillero no quiso reconocerlo nunca, gracias a ese chanchito —que se convirtió en el distintivo del negocio— comenzó a aumentar la clientela.

Al comienzo, aquella ciudad desértica le era muy extraña a Celestino. Echaba de menos España y todo le parecía como de país de opereta. Pero había veces en que le gustaba el puerto con sus estudiantinas rítmicas que le hacían recordar Salamanca. *Las cintas de mi capa, Rondalla del Estudiante, Las calles están mojadas* eran las canciones que todos sabían de memoria en el Iquique de esos años.

Celestino guardaba de ese tiempo un recuerdo cariñoso, y sin esforzarse mucho, con sólo cerrar los ojos en ese puerto fluvial del estuario, podía escuchar las panderetas y bandurrias sonando por la calle Baquedano, en medio de aquellas casas de madera con balcones de cedro ecuatoriano por donde se asomaban las muchachas a arrojarles flores de papel a los tunos... Se veían tan gallardos con sus capas de terciopelo y sus cintas, sus pantalones bombachos con medias de seda y sus zapatones con hebillas, tal como los que veía en su juventud en la Plaza Mayor de Salamanca, antes de embarcarse a América. Muchas veces, incluso, entusiasmado con la música, salía del negocio para ver el desfile de las estudiantinas. Una vez, incluso, vino una de Bolivia con quenas y zampoñas, pero Saturio le prohibió que saliese a ver el pasacalle.

Lógicamente aquella vida no duró mucho tiempo. Al fin, cansado y sintiendo que Saturio y su mujer habían abusado de su ingenuidad de emigrante joven, se retiró de la firma. Y de la casa donde le alquilaban un cuarto sobre la azotea que en otros tiempos se usaba para tender la ropa.

Entonces se fue a vivir con otros paisanos a la pensión *La Casa del Ángel,* en donde todos se llamaban por los sobrenombres del pueblo: *el Pulga, el Rana* o *el Lagarto.* A él le decían *el Quijote* porque pasaba todas las tardes leyendo libros. Claro. Tenía tiempo. Lo que no tenía era trabajo. Se lo pasaba jugando al dominó en la Cantina de la Bomba España en esa época, cuando Iquique estaba lleno de asturianos con los cuales se podía departir a la brisca recordando la patria.

En esos años se desempeñó en diversos oficios. Fue empaquetador de tienda, dependiente en *Las Dos Cariñosas,* comparsa de opereta en *El conde de Luxemburgo* y pintor de telones en la Compañía de María Nieves Podestá. Estuvo incluso en la oficina salitrera Humberstone trabajando de barquillero madrileño en la zarzuela *Agua, azucarillos y aguardiente.* Le gustaba el teatro. Le estaba tomando gusto al aire salino y a la vida de la pampa. Empezó entonces a trabajar en el salitre. Ahí fue donde conoció al padre Feliciano Vicente, de Alba de Tormes, que atendía la iglesia de la oficina Sebastopol, un hombre intrépido, de gran temperamento, cuyo sentido del humor y personalidad arrobaba a Celestino. Fue él quien consolidó su vocación religiosa, porque sentía a Dios en esas soledades y quería incluso entrar a un convento. Hasta que ese sacerdote hizo las gestiones para que Celestino ingresara en el noviciado de los Padres Dominicos.

Y es que, de forma autodidacta, cuando vivía en el altillo, Celestino estudiaba a los clásicos españoles que compraba a cinco chauchas en *El Arcipreste* de la calle Wilson. Conocía a los poetas místicos, sobre todo a san Juan de la Cruz. Sabía de teología y analizaba a san Agustín. En sus ratos libres, leía apasionadamente a santa Teresa y veía otros mundos.

Por eso fue maravilloso cuando en el Seminario descubrió a otros compañeros con igual vocación y semejante amor al silencio. En el Seminario Pontificio de Antofagasta perfeccionó sus estudios. Fueron largos años de preparación: teología, latín, música, literatura... A esos padres con sus hábitos blancos y negros, el rosario al cinto, recogidos siempre y con una profunda sabiduría de las cosas, se lo debía todo. Eran españoles además. Hablaban el mismo idioma con similar acento en aquellas ciudades donde el castellano era muy distinto al de España. Por eso también le gustaba el convento. Sentía que estaba en una porción de la Península, un poco entre los suyos. Allí se hablaba su lengua con su acento que nunca perdió y con la que se comunicaba con Dios.

Al fin, se ordenó sacerdote. Las primeras misas las dijo en una capilla vecina a Antofagasta y posteriormente se desempeñó con el padre Feliciano atendiendo las salitreras. Fue todo un mundo que hoy ya no existe, sobre todo en la Oficina Pedro de Valdivia, donde estuvo sirviendo los primeros años... Tiempo de filarmónicas, de mazurcas, de cuadrillas, de mandolinas y de vida musical intensa en el interior de las casas. Hasta que, un día, fue destinado a servir al sur, en una iglesita de Villarica desde donde les envió tarjetas esperanzadoras a su madre y a Sonsoles, a quienes les había dejado de escribir, porque no deseaba contarles que se había ordenado sacerdote.

¡Villarica! Aquel solo nombre había hecho sonreír de felicidad a la madre y a la hermana, allá lejos, imaginando toda clase de prosperidad para el familiar lejano. Villa Rica. La verdad era otra y Celestino sólo decía que estaba bien. Temía que reprobaran su decisión, ya que siempre tenían esperanzas de que volviera rico a salvarlas de las deudas que el padre había contraído en España.

De Villarica pasó a servir la iglesita de Maillines en el estuario, que estaba sin servicio desde hacía años por falta de religiosos, ya que la comunidad carecía de vocaciones. Muchos conventos dominicos tenían celdas sobrantes porque antes había más jóvenes interesados en Dios y porque, al igual que en España, muchos padres pensaban que los conventos eran una solución para aligerar la carga de hijos numerosos.

Fue el padre Feliciano, que era pionero y le gustaba servir en comunidades apartadas, quien intercedió para que fuese destinado a ese lugar lejano. Decía que de esa manera fortalecería su fe y cumpliría mejor como discípulo suyo. Fue así que viajó en tren a Puerto Montt y posteriormente remontó el estuario en lanchón, hasta llegar a Maillines.

Con temor y pesar también por haberse separado del padre Feliciano —a quien sabía por su enfermedad que ya no volvería a ver—, llegó a uno de los últimos pueblecitos del estuario, con la alegría de saber que por fin iba a poner en práctica su apostolado misionero.

Fueron años muy difíciles en un comienzo, ya que la

iglesia carecía de todo. Los vecinos colaboraron construyendo las bancas con maderas del bosque. La Casa de la Comunidad, que también servía de Casa de Retiro, estaba húmeda. En esos años, jamás se ventiló. Nadie acudía allí desde hacía tiempo, de modo que hubo que construir todo de nuevo, formar catequistas, evangelizar, bautizar, casar, ir a misiones internándose por la tupida selva de mañíos para impartir los sacramentos.

No obstante, hacía todo ese trabajo con gusto. Además, aquellas almas tenían una sabiduría muy profunda y una manera propia de vivir y compartir. Se produjo un aprendizaje mutuo. Él les enseñó a leer y a escribir. Fundó una pequeña escuela para niños donde alfabetizaba por las tardes a los campesinos. Ellos, a su vez, le enseñaron a sobrevivir en medio de la naturaleza, a doblarle la mano al viento y a la lluvia. También lo iniciaron en la vida campesina y lo enseñaron a vivir con esa paz que no existe en otros lugares. Solo, tuvo tiempo para meditar y para volver a ser el que era, o mejor dicho, el que siempre quiso ser...

En aquella época conoció a cada una de las familias del estuario. Todos, hombres, mujeres y niños, sabían en Cochamó, en Ralún, en Maillines, en Paso Las Cabras, en Mayoral, en Puerto Ortiz y en Río Puelo quién era el padre Celestino Montes de Oca.

Lo querían de verdad y él, a su vez, estaba encariñado con ellos. El padre Feliciano ya había muerto, pero él, de vez en cuando, leía aquella correspondencia que le daba fuerzas en los momentos de zozobra.

Fue en ese tiempo de dudas cuando llegó la carta. El

Padre Superior de la Recoleta Dominica de Santiago le comunicaba el traslado inminente.

El padre Rogelio Astudillo iba a venir a hacerse cargo de la iglesita de Maillines. Era un sacerdote joven, recién ordenado, que iba a llegar a una parroquia totalmente instalada. Aquello era injusto. La iglesia era obra suya. Estaba encariñado con sus fieles, incluso con la pequeña Virgen de Pompeya que los feligreses veneraban todos los jueves. No le podían hacer eso. Por eso escribió cartas, rogando que reconsideraran la medida. Pero todo fue en vano. Además, había hecho los votos de obediencia y debía cumplirlos.

Fue trasladado al Perú, un país que desconocía completamente. No se figuraba cómo iba a ser su nueva vida. Ya se había adaptado a Chile y creía que no iba a tener problemas, pero la realidad peruana era muy distinta a la del estuario.

Al llegar a Lima, después de un largo viaje por mar desde Puerto Montt hasta El Callao, se encontró con un mundo indígena absolutamente imprevisible, ante el cual no sabía cómo actuar.

Su primera sorpresa fue ver a aquellas mujeres bajo los balcones tallados en cedro nicaragüense, paseándose con vestidos amplios, de lanas multicolores, con sus niños amarrados en las espaldas, pobremente ataviadas, vendiendo hortalizas, con grandes sombreros, o sirviendo a las señoras que bajaban de carruajes tirados por negros de uniforme y entraban abanicándose a las iglesias recamadas de oro y piedras preciosas.

La misma iglesia de Santo Domingo donde entró a servir era lujosísima, como las que había visto en España. Allí vivió fray Martín de Porres, que dio de comer en el mismo plato a perro, pericote y gato. Y allí, bajo las inmensas bóvedas corintias, desfiló toda la alta sociedad limeña, desde la época de los virreyes hasta los Aliaga, que acudían los domingos a misa de doce porque eran devotos de la Virgen del Sagrario y gustaban de ser vistos...

Le parecía que aquello era como ver a un mendigo sentado en un trono de oro. Le impresionaban la opulencia de los nobles, el fasto de los salones y la riqueza de los patios embaldosados a la moda de Sevilla. No podía concebir que a poca distancia, en los puentes de piedra del río Rímac y camino a la Alameda de las Descalzas, vendiesen pescado al paso, revoloteantes de moscas, y dulces relumbrantes de almíbar que llamaban *besos de moza*.

Extrañaba la simplicidad del estuario en medio de aquellas gentes de alma buena y rústica. Ahora debía adaptarse a una ciudad húmeda cuya niebla permanente envolvía las casas decrépitas y les confería una apariencia irreal.

Los sacerdotes eran asimismo diferentes. Acostumbrado a la soledad del estuario, ahora debía enfrentarse a la experiencia de compartir en una comunidad de religiosos peruanos que hablaban del Tahuantinsuyo y de ruinas perdidas, conversando en el refectorio de imperios lejanos remontando el Ukayali.

Aquellas palabras le sonaron extrañas. Eran vocablos llenos de significación mágica. Poco a poco, iría a familiarizarse con aquel universo indómito. Y de pronto, se mostró tan deseoso de conocerlo que lo enviaron a predicar a una iglesita de Iquitos, en medio de la selva amazónica.

Al comienzo le gustó la vegetación exuberante, los helechos gigantes y las bandadas de loros. Pero pronto se dio cuenta de que ese clima sudoroso no le asentaba para la salud. Además volaban insectos de larga lanceta cuyas picaduras sólo se calmaban con emplastos de menta de zarzamora.

Lentamente, sin embargo, se fue adaptando. Y en las tardes de calor buscaba refugio en las lecturas sobre los indígenas de la sierra. Había oído hablar de la cultura Chimú. Y en aquellas vetustas bibliotecas conventuales, con escalerillas que trepaban por los anaqueles, comenzó a leer libros sobre aquellas ruinas del altiplano donde ahora pastaban las misteriosas alpacas.

Aquellos antiguos poseían una rica mitología. Trabajaron la arcilla y confeccionaron jarros con extraños diseños sobre fondo ahumado.

Fue así que, indagando en ese pretérito remoto, se inició en la colección de sencillos huacos que los feligreses le regalaban como recuerdo de sus expediciones a la sierra. Algunos devotos le contaban que se habían emocionado al llegar al santuario de Chavín donde reinaba el viento.

Intrigado por esas historias, comenzó a averiguar más, hasta que el prior le sugirió que regresara a Lima porque desde allí podía emprender un viaje a Chavín de Huantar, en el inicio del Callejón de los Conchucos...

Y dijo adiós a ese universo selvático perfumado a cedros milenarios en cuyas ramas saltaban monos manatíes. Ahora estaba otra vez en la capital. Rodeado de libros sobre culturas ancestrales y dispuesto a realizar un peregrinaje a esas ruinas remotas. Hasta que un día de calor nublado inició la ruta de los mundos perdidos hasta Huarás, con sus macizos recortados en silueta contra un sol rojo de telón de fondo.

De los primeros villorrios limeños, siguió viaje a caballo

por los cañaverales de Paramonga penetrando al mundo misterioso de Ancash... Atrás iban quedando los cerros azafranados para dar paso a un paisaje diferente con la puna abierta y el río Santa atravesando con suavidad la planicie. Ahora venía un extraño universo de orquídeas silvestres en las orillas de las lagunas de Jatuncocha, donde intuía que Chavín quedaba cerca, al otro lado de aquella cumbre nevada que atravesó con verdadero éxtasis con otros tres sacerdotes y un guía.

Aquel paisaje era increíblemente majestuoso, con extensos maizales y la cordillera al fondo... Ahora ya estaban en un reino de palacios, ídolos y dinastías perdidas en medio de la vegetación. Una vez allí, instalado con su grupo en la pequeña iglesia de Padres Dominicos de Chavín de Huantar, inició con otro sacerdote y arqueólogo famoso, el padre Apaestegui de Huancavélica, las investigaciones en terreno.

Los primeros días visitaron la aldea y sus ruinas, sus hermosos templos con cabezas clavas esculpidas con formas de felinos. Dentro de uno de los subterráneos encontraron una escultura que parecía una gran lanza olvidada en el corazón de la tierra...

Aquello era un mundo desconocido, subyugante, que se dilucidaba con las aclaraciones del padre Apaestegui, especialista en culturas Cuelap y Shipiba.

Con él bajó una tarde, extasiado, las escalinatas del templo que daban al río, en medio de árboles milenarios, hasta llegar al lugar donde los indios antiguos encontraron dos cornetas de oro en el lecho del agua. Buscando también en ese ámbito lluvioso hallaron jarras intactas y dos o tres máscaras funerarias...

Una de aquellas tardes brumosas conoció a una muchacha sabedora de los caminos entre las montañas, que se les acercó a ofrecerse como guía de ese mundo laberíntico. Fátima Portoalegre había nacido en el cerro Pasco y era hija de madre blanca y padre negro del Brasil. Nadie sabía cómo había llegado a aquellas altiplanicies andinas. Dicen que fue el primer negro de la cordillera de Oyón. Lo cierto es que los indios lo apresaron y trataron de limpiarlo, frotándole el cuerpo con agua caliente y piedra pómez del volcán Huascarán. Pero como su piel no cambiaba, lo soltaron creyendo que era un espíritu maligno.

La india Chkoriquilla, que servía en la casa de los Ulloa Fuenzalida, en medio de la sierra, lo llevó a vivir con ella y lo introdujo en la servidumbre como jardinero. Cuando nació Fátima, hija de aquel cimarrón con la hija menor de la casa, fue entregada en pañales a la india, que se la llevó a vivir lejos, pues tanto ella como el negro fueron despedidos del solar de los Ulloa. Y Douglas Vidal, el capataz, les juró que los mataría si los veía aparecer juntos otra vez por la sierra.

Fátima comenzó a crecer en esas latitudes con su mirar inquisitivo y su aguda percepción de las cosas. Por entablar conexiones con los indios moches, conocía su cultura y los laberintos intrincados en donde se pudieron aventurar sólo después de la muerte del padre Apaestegui, envenenado por la tarántula de los pantanos.

Fue ella quien lo guió a lomos de mula por esos caminos pedregosos en medio de un paisaje de rocas filudas y cactus de flores fantásticas, trepando por esas soledades y montes abruptos para volver otra vez al convento del poblado con un cuchillo ceremonial incaico hallado en los montes de Chau Chau o con un cántaro quebrado del valle de Jequetepe.

Así, Celestino empezó a formar en su propia celda un museo incipiente de objetos precolombinos. Su pasión era tal que descuidaba los deberes de la iglesia. Se atrasaba en los turnos de las confesiones y en los horarios de las misas, por ordenar lo que habían recolectado en la sierra. Aquella mujer sigilosa, huraña, que vivía sola y que se ganaba la vida bordando casullas y manutergios para la iglesia, lo había cautivado por su fino poder de inteligencia, su sencillez y su profundo conocimiento sobre ese mundo perdido.

Fueron tiempos duros porque se acentuaba en él esa constante paradoja interior. Era una eterna dicotomía que le laceraba el corazón y el pensamiento. Mientras otros sacerdotes llevaban una vida apacible entregados a Dios y al ministerio de la Iglesia, él deseaba con todas sus fuerzas escaparse de allí y dedicarse de lleno a las antiguas culturas prehispánicas con Fátima a su lado.

Durante ese tiempo en Chavín, logró publicar dos libros: *Los Misterios de Tomaiquishu* y *Un viaje por el Valle de Nepeña,* en los que describe sus excavaciones en el valle de la Luna. Más tarde, cuando regresó otra vez a Lima, junto a Fátima, publicó *Expediciones Arqueológicas de Huánuco* en la Imprenta Salesiana, en el que describe el hallazgo maravilloso de una mano empuñada tallada en hueso humano con incrustaciones de malaquita.

A Fátima la situó en casa de una familia española para que trabajase durante medio día. Por las tardes, lo ayudaba en el convento en las investigaciones. Verdaderamente se había convertido en su aliada. Pero a la vez, en un peligro. Sus superiores, temerosos, se lo hicieron ver.

Él pidió incluso retirarse de la Orden. Así se lo explicó al prior del convento, señalándole que deseaba contraer matrimonio con aquella mujer que trabajaba con él en los ficheros de la biblioteca conventual y que lo ayudaba en la catalogación de las piezas del museo. Le explicó asimismo que aquello no significaría alejarse de la Iglesia. Quería continuar su vida católica como laico, pero junto a Fátima.

Al comienzo, el prior no estaba convencido. Le pedía que se retractara. Le hacía ver que era un capricho, que debía reconsiderar su petición. Incluso habló con ella y le explicó que estaba destruyendo una vocación. Por otro lado, lo reconvenía diciendo que si se casaba con Fátima, no iba a poder seguir viviendo en Lima. Él era un sacerdote famoso por la oratoria de las prédicas. También lo conocían por algunas charlas que había dado en Lima sobre los templos de Chavín. Incluso varios especialistas acudieron a su celda para ver su colección de cerámicas... Ahora, en cambio...

Finalmente, tras pedir la dispensa a la Santa Sede, el mismo prior los casó en una ceremonia privada.

Durante ese tiempo vivieron en una casita de Polvos Azules, junto al Rímac, pero tenían planes de salir cuanto antes de Lima. ¿Y dónde ir en esas circunstancias si no era al fin del mundo, al refugio natural para soñadores, al estuario de Reloncaví, en medio de un paisaje de alerces y peumos milenarios?

Por suerte, no había perdido contacto con aquellos habitantes amistosos. Y Olimpia Beltrán le debía muchos favores. Él enseñó a leer a sus hijos, administró los Santos Óleos a sus abuelos, protegió a los niños, orientó a los jóvenes incentivándolos a que buscasen trabajo fuera del estuario...

Olimpia fue una mujer comprensiva que de inmediato le respondió en una carta llena de faltas de ortografía, pero sincera y generosa. En Las Perdices tenía una casa deshabitada, la de sus padres, que habían muerto. Allí podía vivir junto a su mujer. Era cierto que estaba convertida en leñera, pero con buena voluntad los vecinos iban a arreglarla. Podían trabajar la tierra, tener algo en la huerta... Alimento no les iba a faltar y tampoco cariño. Todos lo conocían en el estuario...

Animados por aquella carta, se embarcaron en El Callao con aquellos baúles repletos de reliquias coleccionadas durante años. También embarcaron el pequeño catafalco con una niña india de la tribu Chimú, embalsamada, que tenían como trofeo de guerra en Huamayo y que el alcalde les regaló como contribución a sus estudios, aunque lo que él deseaba era recuperar la momia para realizar sus últimas anotaciones respecto a los sistemas de embalsamamiento de aquella cultura indígena.

Luego de viajar con Fátima y aquel insólito cargamento por toda la costa del Pacífico —desde El Callao, pasando por Arica, Iquique, Antofagasta, Valparaíso y Talcahuano—, desembarcaron en Puerto Montt después de una penosa travesía con marejadas imposibles. En Angelmó se volvieron a embarcar, pero cuando los antiguos vecinos del estuario lo reconocieron sin sotana en el lanchón de Abraham Castro y llevando en el equipaje un catafalco custodiado por una mulata, pensaron de inmediato que ya no era el mismo sacerdote, que había regresado para practicar brujerías.

Aquellas gentes eran supersticiosas. Creían en el Caleuche, en el Basilisco, en la Pincoya y en el Lobo de Oro de la laguna del Cucao. Una vez vivió en Río Puelo un indio de Las Huaringas que tuvo fama de hechicero y contrabandista. La gente desconfiaba de él. Por eso, cuando supieron que Celestino había regresado con una peruana, no les agradó, y mucho menos cuando se enteraron de que había dejado los hábitos y que se había casado con ella...

Pero Celestino todo lo que deseaba era volver a verlos, vivir tranquilo en el estuario con Fátima con aquellas colecciones de historia de América, mostrarle a aquella mujer los pueblos insignificantes y bellos, realizar juntos los estudios sobre las viejas culturas incas y escribir ensayos que a lo mejor nunca verían la luz pública, pero que lo animaban a vivir.

Fátima quería que escribiesen a instituciones pidiendo financiamiento, pero a Celestino se le estaban terminando las fuerzas y ya había empezado a sentir los años. Ella, por su parte, empezó a enfermarse también. No podía resistir el clima siempre frío y con lluvias. Ni tampoco la indiferencia de las gentes, su apatía. Muchas veces, sufriendo soledad, se iba en un bote a remar por el estuario y se estaba así, a la deriva, mirando el agua y el volcán.

Una tarde, conoció a unos traficantes. Le pidieron refugio y ella los recibió en la casa. Eran tres. Venían huyendo de la policía. Ahí había un paso cordillerano y solían pasar ganado robado. Ella los escondió y los ayudó a fugarse. A la gente eso no les gustó. Lo supieron porque finalmente los apresaron en el paso y confesaron que Fátima Portoalegre los había ayudado.

Desde ese momento, el clima de aislamiento se agudizó. Fátima quería que regresaran a Lima, pero ya era demasiado tarde. No tenían dónde regresar. Al fin y al cabo, allí en el estuario tenían dónde vivir...

Por otro lado, comenzó a recrudecer su enfermedad pulmonar. Finalmente, el frío y la indiferencia la mataron. No tuvieron hijos. Y allí quedó Celestino, perdido en el estuario, con la vieja colección de libros inéditos. Y junto a la amable Olimpia que fue siempre la fiel guardiana de los días postreros.

Allá en el cementerio de Maillines, detrás del hotel, quedó sepultada Fátima. Nadie lo supo. Sólo fueron Olimpia y el padre Roger, que en ese tiempo estaba en la iglesita de Maillines donde Celestino había servido por tanto tiempo. No quisieron que nadie lo supiera. Ni siquiera la señora Agustina del hotel. Simplemente cruzaron el féretro en bote y lo llevaron a la iglesia. Luego, al cementerio donde está también enterrada la niña embalsamada de Huamayo...

Sentado en el sillón, con la vista perdida en un cúmulo de pensamientos confusos, Celestino Montes de Oca termina de hablar con su acento inconfundible:

—Y allí voy a estar enterrado yo, cuando me muera. Junto a Fátima y a la momia de la niña india. Es extraño. Yo, en Fermoselle, nunca soñé que ésta iba a ser mi vida. Ahora que estoy solo, salgo a veces a la terraza a tocar el viejo cuerno de Fátima con el que la solía llamar cada vez que se internaba a caballo por la garganta del río Petrohué y se olvidaba de que en la noche salían pumas. Me parece que está allá en la montaña y que, si la llamo otra vez con el cuerno, va a volver. ¡Qué misteriosa mujer! Siempre está conmigo, porque ya sabes, Estrella, que los muertos nunca se van del todo: siguen acompañándonos siempre...

»A veces pienso que me gustaría regresar al convento. Estoy en contacto con la Orden de los Padres Dominicos y el prior de Santiago me ha dicho por carta que es posible reintegrarme a la vida religiosa de manera pasiva. Me gustaría morir en una celda dominica. Santo Domingo de Guzmán me ha protegido siempre, por eso, como puedes ver, en medio de estas telas indígenas, hay también cuadros de campaniles españoles y retratos del santo de Caleruega. Más que nada, me gustaría ingresar en la comunidad como una manera de preservar mi colección de cerámicas.

»Al volver al pequeño convento que los dominicos tienen en las lomas de Puerto Varas, volvería con todos mis cacharros, telas, alfombras, mascarillas funerarias y chamantos. Pasaría mis últimos días organizando el museo que quedaría en poder de la comunidad...

»Olimpia va a arreglar todo de ese modo, si muero antes. Porque ya sabes que aquí en el estuario no valoran estas antigüedades. No quiero que le pase a mi museo lo que le pasó a la colección de huesos prehistóricos del padre Gossec. Los muchachos indígenas de Río Puelo acabaron jugando a la chueca con el astrágalo de un dinosaurio...

9 Una caja envuelta en fino papel azul

Con mi madre estábamos absortos. Ahora la señora Olimpia entró ofreciendo jarabe de frambuesas y *Kuchen* de murras silvestres según una antigua receta alemana.

—La señora y Víctor Manuel se quedan a almorzar, Olimpia. Y esta noche dormirán aquí. Prepara la habitación de arriba. Y mañana, ven temprano, por favor. Quiero que los acompañes al establo de los Moraga a esperar la camioneta.

La mujer se retiró tan discretamente como había entrado.

—Ahora, déjame ver qué me ha enviado mi hermana.

—Sí —dijo mi madre, levantándose a buscar la caja azul. La tomó de la amarra y la condujo a la mesita de centro.

—Pesa un poco, Celestino.

—Así parece —dijo, tomándole el peso con sus manos rugosas.

Yo le pasé las tijeras que estaban en el aparador lleno de antigua platería peruana y Celestino cortó las cuerdas de aquella caja cuyo contenido desconocíamos. ¿Qué había allí? ¿Un cráneo humano con poderes mágicos? ¿Un contrabando de estupefacientes como sospechaban las hermanas Troncoso? ¿Drogas, tal vez, como se atrevió a predecir el señor Jugendbloedt? ¿O joyas familiares ocultas en una bolsa de terciopelo rojo? ¿Una botella de cazalla, tal vez, en cerámica esmaltada andaluza con la figura de la Giralda o de la Torre del Oro sevillana que era el regalo característico que enviaban los parientes españoles a América?

¿O cenizas humanas, pequeños y tiernos huesos, fragmentos de tibias de un familiar lejano que había pedido ser enterrado en Chile? ¿Una momia pulverizada o los restos de un esqueleto musulmán encontrado por Sonsoles en aquella cueva de la Cicutina donde los muchachos del pueblo hallaron pergaminos árabes y unos aparatos para medir la luna?

Celestino terminó de cortar las amarras, quitó los azules papeles y abrió la tapa de aquella caja. Adentro había un pequeño saco de osnaburgo amarrado con una cuerda. Otra vez, tomó las tijeras y cortó.

Con mi madre estábamos expectantes. Podía sentirse nuestra respiración y las ansias por saber qué contenía aquel envase pulcro salpicado de un ligero polvo marrón.

Celestino miró el interior del pequeño saco de género blanco y dijo simplemente:

—Es tierra.

—¿Tierra? —preguntó desconcertada mamá.

Ahora lo comprendíamos todo de inmediato. Las palabras de la señora Agustina, aquella noche en la mesa, cobraban para nosotros un significado actual. «La Berta Maturana era bruja. Ella ha hecho aparecer intacta esa caja, pero en realidad, su última jugada ha sido transformar el contenido».

Aquello era una brujería del campo, la hechicería póstuma de Berta Maturana. Había cambiado las posibles monedas de oro del tiempo de Isabel II enviadas por Sonsoles, por mísera tierra. O podía tratarse tal vez...

Sí. Mi madre, mirándome a los ojos, me lo insinuó. Los muchachos, en complicidad con su padre, robaron del

Curacautín la caja azul. Sólo Artemio fue testigo y no participó. Por eso me llevó a ver la caja. Para que descubriera el robo de su padre y sus hermanos. Pero él no colaboró con ellos. No. El único inocente había sido el más limpio. Con toda seguridad, ellos sustrajeron el contenido quedándose con un reloj familiar muy querido o con una reliquia preciada, sustituyéndola por tierra. Luego, era cosa de recomponer el paquete, armar otra vez la caja y enviarla al destinatario anónimamente. Al sentirse sorprendidos, culpabilizaron a Artemio. Al fin y al cabo, no podía defenderse... Aunque existía otra posibilidad aún, que el verdadero contenido estuviera... entre la tierra.

—Olimpia, trae un lavatorio, por favor —dijo Celestino.

Olimpia trajo un viejo lavatorio y en él, Celestino vació el contenido. Nosotros veíamos caer la lluvia gris sobre la loza acraquelada, esperando que cayera la bolsita de satén con las joyas familiares o con las monedillas de oro que hubiesen hecho empalidecer a Martín Imperio. Pero absolutamente nada cayó. Sólo la lenta lluvia de polvo con minúsculas piedrecitas y arenillas pardas.

Fue entonces cuando mi madre recordó de súbito la carta que traía consigo. La sacó de la cartera y se la extendió a Celestino. Él, sin decir nada, abrió el sobre con la plegadera, extendió las hojas de papel color humo de las que se desprendieron unos pétalos secos y la leyó en silencio.

A medida que leía aquellas páginas escritas con tinta turquesa, sus ojos se ensombrecían como si nubes vertiginosas pasaran invisibles, invadiéndolo de melancolía o dolor.

10 *Una carta reveladora*

Fermoselle, Zamora, 10 septiembre 1948

Querido Celestino:

Con mucha alegría te escribo después de un largo tiempo de silencio sin tener noticias tuyas, pero ahora que está aquí nuestra amiga de la infancia Estrella Lorenzo, ha renacido en mí el recuerdo de aquellos días y he querido enviarte con ella un saludo y un regalo modesto, aunque significativo, para que te lo entregue personalmente a fin de que te reencuentres con ese tiempo en que paseábamos cogidos del brazo por el Paseo de la Ronda e íbamos cantando a los olivares o a merendar a La Cicutina debajo de ese viejo cerezo silvestre de la Quinta de los Hinojosa que daba cerezas amargas.

Aquí en el pueblo, todos siguen lo mismo. Madre está muy mala, pero lo principal es que se conserva lúcida. Habla poco. Está sentada a la mesa camilla del comedor entibiándose al brasero y pendiente de la calle. A veces, pasa el afilador de cuchillos, el herrero o la Encarna Mediavilla y entonces se alegra porque ya tiene con quien charlar, sobre todo si viene a verla la Teotista de Arcenillas, la vieja de los peines, con unos periquillos de esos que hacía con Anís del Mono que todavía los hace muy buenos.

A veces, cuando llueve, viene personalmente a freírlos y entonces parece que la casa se alegrase con el chirriar del aceite de oliva caliente en la sartén y con sus historias del pueblo. Ayer nos estaba contando precisamente el cuento de la primera Laura que hubo en Fermoselle, de la niña del Dionisio Taravilla que nació con seis dedos en el pie derecho y hasta cantó una canción campesina antigua con la entonación de *Fumando espero*.

La Teotista se lo sabe todo. Ya sabes cómo es. Que si la Sacramentos de la Panadería ha vendido la finca, que si la Aurorita Fandanga, la de las cigalas, anda por los viñedos por la cuestión de los frutales (que, dicho sea de paso, este año se han perdido todos los melocotones por la peste que les ha entrado), que si el Antoñico Gamberro le ha prendido fuego a la casa... Todo sigue igual en estos pueblos, como si el tiempo no pasara, como si la vida pasara por las provincias, pero no por acá. Pasa lo mismo que con el tren. Ahora sigue de largo. La estación quedó vacía y el Segundino de los Cabañales se tuvo que ocupar de otra estación porque aquí en el pueblo nadie viene ni nadie se va.

Excepto la Estrella Lorenzo que vino sin que yo me enterara y se va sin que me dé tiempo de comprarte nada, que tampoco tengo dinero, porque ya sabes, madre da trabajo y la medicina es cara, además la cooperativa paga cada año menos y la uva de este año se ha podrido. Llovió mucho y hubo un viento que venía de Portugal una noche que tronchó las cepas. Quién como tú que estás lejos y con una vida distinta. A mí también me hubiera gustado emigrar, pero ya sabes, me quedé cuidando a madre y para vestir santos, como dicen por acá. Así que aquí me ves, un día con otro. A veces pienso que si no fuera por madre, como te digo, ya me encontraría también yo en América, aunque fuera de camarera, que voluntad de servir he tenido siempre.

Este año, los toros estuvieron buenos, pero levantaron frente al balcón de la plaza una empalizada tan alta, que desde allí no veíamos nada. No como antes, que sacábamos las sillas y desde los dormitorios podíamos ver todas las corridas. Este año tuvimos que pagar entrada, lo que nunca, fíjate, porque madre quería verlas. No se cansa. Dijo que serían las últimas de su vida, pero ya ves, sigue firme.

El Bernardo Macotera estuvo de torero. Muy viejo. Le ha dado una cornada el toro en la femoral que lo ha dejado tullido. Pero él, nada. Ha dicho que el próximo verano, para las fiestas de agosto, lidia otra vez. Pertinaz ha salido. Querrá morir en su ley, digo yo. Ya lo sabrás. El día menos pensado se planta con el capote y lo sacan en un tris, pies por delante. Así se van todos y así nos vamos a ir todos, unos primero y otros después, que es ley de vida.

Yo, paso los días en la huerta. Este año se han dado hermosos los albaricoques y los pimientos. Hemos cosechado buenas almendras, ciruelas y garbanzos de los gordos para que no falte el cocido en casa. También bajo a las viñas, un día sí y otro no. Todo sea por podarlas y ver que salgan buenas. La moscatel este año no ha dado. Sólo la tinta carnacha que no es de mesa. Han pagado poco y el vino, malo.

Otros días voy a la aceituna con la Pili del Dionisio Tapapuertas. Sola no puedo con todo que ya tengo mi edad. También ha venido de Zamora la Carmita con el zagal de los frejoles para ayudarme un poco. Además está el cerdo. Sólo tenemos uno este año que lo engordamos con bellotas de la huerta de abajo para la matanza. El año pasado lo mató el primo Antonino de Madrid, pero no con cuchillo como ha sido siempre, sino a balazos. Un bruto. Aquí a los del pueblo no les gustó. Dijeron que no era la tradición. Pero los chorizos salieron igual de buenos. Lástima que no estés aquí para comerlos.

En fin, ahora que te escribo, la Carmita, desde la cocina, que está friendo manteca, me dice: «Saludos al Celestino que todavía estoy aquí esperándolo, a ver si vuelve rico de América». Ya sabes, no se ha casado como muchas aquí en el pueblo que piensan todavía que vas a volver para casarte con alguna. Pobres. No saben la verdad. Yo me la callo, porque no quiero desengañarlas, aunque tú me digas que les cuente de tu vida por el Perú, pero de eso, nada, que yo prefiero mantenerlas ilusionadas que ya están viejas, o sea, que ni de lo uno ni de lo otro.

Con todo, yo te sigo recordando como eras en aquel tiempo y creo que Estrella también te recordará. Por algo habrá vuelto al pueblo, digo yo, para saber de ti, aunque ella me diga que ha sido para hablar de las cuestiones de las herencias. Ahora ella cumplirá su sueño y podrá ir a verte y a enterarse por sí misma de tu vida en aquel país. Cuánto no quisiera yo estar en su pellejo para poder ir yo también a abrazarte a ese estuario del que me hablas. No sé cómo será ni me lo imagino. Con mucha agua. Será como el Duero, digo yo. Pero éste es un río, no un estuario que de eso no hay por acá. Alguna diferencia habrá. Bueno, de geografía sé poco. A mí me gustaría que me lo explicaras cuando vinieras por aquí, pero eso es ilusionarse en vano. La realidad es que no podemos porque no podemos.

Por eso, para recompensar tu imposibilidad de viajar a tu país de la infancia es que te mando este puñado de tierra campesina de nuestra huerta feliz de los domingos. Es tierra de tu tierra, tierra de donde te criaste y en donde jugaste cuando niño. Es la tierra simple y arcillosa con semillas silvestres y polvo de esos años, que nos ha perte-

142

necido desde siempre, desde milenios. Tierra que es nuestra, porque siempre hemos vivido en ella, sin movernos de aquí, nosotros y nuestros antepasados. En ella viajo yo también y me reencuentro contigo. Es tierra que saqué yo misma con una palita de juguete que era tuya, de hierro oxidado. Tierra que tiene las huellas de nuestros padres y abuelos. Ellos la han tocado y la han pisado, la han sembrado y amasado entre sus dedos, la han aprisionado cuando han plantado el sarmiento seco y la semilla y acaso contenga también polvo de sus huesos.

Por eso te la mando. Como un presente simbólico, un trozo de tu patria. Ya que no puedes venir tú a tu tierra, que la tierra vaya a ti. Aquí te la envío en esta vieja caja de sándalo para que la sientas entre tus dedos y te reencuentres con ella, otra vez, después de los años. Acaso vuelvas a ser joven al tocarla, porque esta tierra tiene el poder de rejuvenecer cuando se la toca a la distancia. Créemelo.

Y tal vez quieras que esta tierra esté contigo. Cuando ya no estés aquí, sino en el fondo de la tierra o, acaso, en otro mundo más feliz, sabrás con alegría que tu polvo se ha convertido en polvo mezclándose en otro continente con la tierra de tus antepasados. Tal vez en ese entonces vuelvas a tus raíces y compruebes que sigues siendo el mismo, que en el fondo no has cambiado. Porque de algo estoy segura. Y es que para mí tú sigues siendo el mismo. Algo me lo dice.

Yo sé que te alegrará este regalo que se me ha ocurrido de pronto, imaginando que te hará feliz, te encuentres donde te encuentres. A lo mejor, un día, en ese cementerio del estuario del que hablas, brote una flor rara, desconocida allá, de la cual nadie sepa su nombre. Será maravilloso para ti, desde esa vida hermosa de la que te hablo, saber que allí, en ese extraño rincón del mundo, al sur de la vida donde has sido feliz, ha florecido la flor del romero que sólo florece en los campos de Valle Las Huertas, el primer lunes de Pentecostés..., la flor de los enamorados que salpicaba de azul las lomas de aquella ermita a la que subíamos cantando el día antes de que te marcharas para América.

Para otro viaje, si alguien se aventura otra vez para estas tierras, te enviaré rosquillas de vino o un poco de turrón con almendras de la huerta y yema de huevo, del que preparaba mamá para Navidades y que a ti tanto te gustaba.

Entretanto, recibe todo el cariño y el abrazo (y el beso) de tu hermana que no te olvida,

Sonsoles Montes de Oca

Cuando terminó de leer la carta —que he podido conservar al cabo de los años— en aquel vetusto salón al final del estuario, mi madre y Celestino estaban absortos, cada uno ensimismado en sus pensamientos.

—Déjenme solo —dijo Celestino mirando el lavatorio con el pequeño montículo de tierra de Fermoselle que reposaba en el centro de la mesita.

Mi madre me tomó del hombro y salimos en silencio al jardín. Allí estuvimos paseándonos bajo los damascos imperiales, sin decir nada, viendo a lo lejos el estuario, los veleros que tímidamente se insinuaban entre los coigües y, más allá, los cipreses de las Guaitecas, bajo cuyas copas podían verse, muy perdidos, los tejados encendidos por el sol del viejo hotel London, difuminado en la bruma celeste de la loma.

TERCERA PARTE

1 *Últimos momentos en el estuario*

EL almuerzo en el amplio comedor iluminado transcurrió en medio de conversaciones y recuerdos gratos. Por la tarde, mientras mamá y Celestino se quedaban en el salón, hojeando álbumes de fotografías, repasando listas de amigos comunes y curioseando antigüedades de la colección iniciada en Iquitos, yo salí a caminar por el pueblo, deteniéndome delante de un portón a escudriñar el interior de un patio lleno de rosales. Luego, seguí el paseo observando las casas dispersas en la colina. En algunas estaban secando carne de caballo al sol; en otras, hilaban lanas de colores en telares rústicos. Algunas mujeres me saludaban; otras fingían indiferencia. Yo, simplemente caminaba, deteniéndome a mirar hacia el estuario, tratando de descubrir entre las ramas perladas de los mañíos, los torreones de tejuela del hotel London que, en otras épocas, antes de la «era británica» de Elizabeth, se llamaba *Alihuén*, palabra mapuche que quiere decir «lugar de árboles».

Allí estaría ella en el viejo hotel perdido tras la bruma grisácea, en su dormitorio secreto cuyas paredes estaban tapizadas de cuadros de príncipes, princesas, reyes y reinas de Inglaterra, arreglándose frente al espejo del tocador atiborrado de perfumes, preparándose para salir con el extranjero de acento británico para mostrarle la cumbre nevada del volcán Yates o para enseñarle los nombres que en la ribera del estuario tienen las flores silvestres: «Ésta es la boquita de león»... «Éste es el amancay o trébol rosado»... «Ésta se llama zapatilla de la Virgen»...

Martín los recibiría también en la mesa del comedor para relatarles las leyendas del estuario. Allí estarían sentados junto al fogón cenando ceviche de truchas, escuchando relatos inverosímiles y mágicos. «¿Sabía usted que en el Lago de Todos los Santos vive un monstruo de larga cola que termina en punta de flecha?» «¡Igual que el diablo!», agregaba siempre en esta parte el señor Alarcón. Varias veces nos habían contado la historia a dúo, olvidándose de que el día anterior ya la habían relatado.

A Martín le gustaba sorprender con sus cuentos de brujas y aparecidos. Sabía muchas historias de espíritus encantados y ondinas en los lagos. En más de una ocasión nos refirió en la oscuridad de la noche «historias del más allá», iluminados apenas por la luz del quinqué. «En la noche, aquí en el estuario, a las doce en punto, se aparece siempre el fantasma de la india Marcelina Catalán que pide venganza».

Ahora el extranjero estaría escuchando las fábulas que habíamos oído días antes, repitiendo un viejo ritual. Entretanto, el paseo bajo el sol tenue de un verano conmovedor y extraño iba llegando a su fin. Estaba atardeciendo y el ocaso se veía de color gris rojizo. Ahora se divisaban las balsas en silueta. Ya los niños pastores volvían a sus casas. Se escuchaba nítida la música de los cencerros y la campana débil, lejana, de una iglesita llamando a oración.

A la mañana siguiente, después de dormir en un cuarto atiborrado de recuerdos, bajamos al comedor a desayunar. Allí nos aguardaba Celestino leyendo un manuscrito facsímil de la reina Cristina de Suecia.

—Espero que hayan dormido bien —dijo, sacándose los anteojos y cerrando el libro con un marcador.

En realidad, aquella noche, nuestros pensamientos se agitaron con diversas imágenes. Aunque con mi madre vivimos los mismos acontecimientos, éstos nos habían afectado en forma desigual.

Celestino tenía otro semblante y nos parecía más alegre, como si con nuestra visita se hubiera rejuvenecido. Por primera vez se fijaba en mí. O al menos así me lo parecía. La tarde anterior, conversando con mamá, casi no había reparado en mi presencia. Ahora alabó el hecho de que yo hubiera mirado, con espíritu curioso, sus estanterías y colecciones de libros. Entonces, en un gesto dadivoso, sacó del cuello una cadena de oro con una miniatura y me la entregó.

—¡Celestino, esto es un joya! —exclamó mamá.

Pero a esta edad, los objetos han perdido su valor. Nada interesa ni atrae como no sea la proximidad de la muerte. Tal vez, en un gesto final, quiso dejarme un recuerdo de su vida al final del estuario. La miniatura —que todavía conservo colgando al cuello después de muchos años de haber ocurrido estos acontecimientos— es un libro encuadernado en piel con estampaciones en oro. Viene en un estuche de plata con una inscripción latina que reza: *Codices e Vaticanis selecti quam simillime expressi iussu consilio et opera curatorum Bibliothecae Vaticanae.*

—Es un recuerdo que el padre Feliciano Vicente me obsequió el día de mi Ordenación —dijo.

Con la miniatura en mis manos, no sabía qué decir. Simplemente extraje el pequeño códice del estuche y abrí sus páginas del tamaño de una colección de pétalos. Sus diminutas hojas contenían la vida de San Francisco de Asís en letras góticas microscópicas con miniaturas medievales a color que sólo podían ser apreciadas con lupa.

Agradecí el presente. Tenía ciertamente una significación también para mí. Era el recuerdo de aquella travesía de aprendizaje a través del estuario...

En silencio, me colgué la gargantilla. Luego, desayunamos en silencio en medio de un ritual de tazas y conversaciones en voz baja. Al final, nos levantamos y subimos a nuestros cuartos a recoger el equipaje. Al cabo de unos instantes, ya estábamos otra vez en el porche de la vieja casa.

Entonces ocurrió un momento hermoso. Acaso era ése también «el minuto azul del sentimiento» del que hablaba Elizabeth en su cuaderno de pensamiento, copiando versos de la poetisa uruguaya Delmira Agustini. Ahora estábamos viviendo ese minuto mágico, estremecedor, que a veces ocurre, muy pocas veces en la vida. Era el minuto de la despedida, una despedida tan emocionante como el saludo. Sabíamos que no volveríamos a vernos nunca más. Sin embargo, nada se dijo y todo transcurrió en silencio, como suelen transcurrir los momentos sublimes. «Es curioso. Cuando hay cosas tan importantes que decir, solemos callar», dijo mamá horas después...

—Adiós, Celestino —dijo mi madre, abrazándolo emocionadamente.

—Adiós, Estrella.

—Víctor Manuel, adiós.

Luego comenzamos a subir por un sendero bordeado por helechos y grandes hojas de nalca. A nuestro paso, las mujeres descorrían los visillos. Unos niños nos acompañaron gritando y otros ayudaron a Olimpia a llevar los bolsos. Una vez que llegamos arriba, palpando en mi pecho la miniatura de plata y piel que llevaba bajo la camisa, me volví para hacer las últimas señas. Pero Celestino Montes de Oca ya había entrado a la casa del molino de agua.

Después de despedirnos de Olimpia Beltrán, subimos a la camioneta rural de Canutillar, que emprendió el camino por el valle de Las Petorcas, dejando atrás el estuario sumido en una cortina de agua. Pronto la lluvia empezó a precipitarse con más intensidad empapando la vegetación, llenando de barro las pozas del camino y diluyendo los contornos del bosque. En un momento miré hacia atrás, pero ni siquiera se veían los árboles. Aquella lluvia había dejado sepultados para siempre esos parajes, dejando allá al fondo a unos seres crepusculares que un día habíamos amado y que tal vez nunca más volveríamos a ver.

2 *Adiós al Sur*

En el pequeño pueblo de Ensenada, junto al lago Llanquihue, quedamos varados bajo una marquesina de latón. Pronto vino un pequeño autobús completamente mojado por dentro, prácticamente vacío de pasajeros, que nos condujo bordeando el lago hasta Puerto Varas.

Tomamos una taza de té con *Kuchen* de murta en la confitería austríaca *Sissí* que nos recordaba la amable cordialidad del señor Karl Heinz Jugendbloedt.

Mirando a través de los cristales las rosaledas empapadas, nos daba la sensación de volver a la vida real. Ahora se veían otra vez seres de carne y hueso, personas y no fantasmas que caminaban bajo paraguas negros, sujetándolos con fuerza en contra del viento. Veíamos paqueterías, dulcerías y tiendas de ropa con vestimentas fuera de época, pero sentíamos que, pese a todo, ésa era la vida y no la otra que habíamos dejado atrás, perdida al otro lado de la lluvia. Aquella otra, sin embargo, la irreal, la sumida en ese paisaje brumoso, había calado con más fuerza o con más intensidad en nuestros corazones.

La huelga de ferrocarriles impidió que regresáramos a Santiago en tren como pensábamos en un comienzo. Al parecer, se prolongaría varias semanas. Por este motivo debíamos embarcarnos en Puerto Montt en un vapor que realizaba la travesía hasta Valparaíso. En esos días se encontraba la motonave *Victoria,* una embarcación de carga que se usaba como emergencia con algunos camarotes disponibles, de modo que fue una suerte podernos embarcar esa misma tarde, sin necesidad de pernoctar de nuevo en Puerto Montt.

El vapor zarpó puntual a las ocho de la noche, dándonos tiempo para adquirir los pasajes e instalarnos en el camarote. Estábamos acomodando nuestro equipaje cuando sonó la sirena de partida. De inmediato, subimos a cubierta para ver cómo se alejaba el puerto, pero en realidad, a causa de la oscuridad, sólo vimos débiles luces a través de la lluvia.

La travesía transcurrió en medio de marejadas hasta Valparaíso. Salvo dos muchachos de mi edad que venían también mareados, no conocí a nadie durante el viaje, porque pasamos la mayor parte del tiempo tendidos en nuestras literas.

Al bajar por la pasarela al muelle, vimos que papá nos estaba aguardando con tía Leticia. Antes de embarcar en Puerto Montt, mamá le envió un telegrama urgente indicando la fecha de llegada en el *Victoria.* Ésa fue la ocasión propicia de escribirle desde allí una tarjeta a Elizabeth, representando la cascada de Peulla que nunca vimos. Brevemente la saludaba y rogaba que esa postal llegase sin problemas a sus manos, pues estaba consciente —por experiencia propia— de lo difíciles que eran las comunicaciones en el estuario. Por eso, al bajar por ese puente provisorio que comunicaba nuestros sueños con la realidad, yo me preguntaba si mi tarjeta había llegado a manos de Elizabeth como el telegrama a las manos de papá.

No podía dejar de pensar en Elizabeth sumida en la lluvia del estuario, en lo mucho que la extrañaba. Mientras en Valparaíso hacía un sofocante calor de verano y caía una lenta lluvia de ceniza de los incendios de bosques de eucaliptos, allá en el sur, los cipreses estarían humedecidos por un frío austral. Vivíamos simultáneamente en el mismo país y sin embargo distanciados por climas y latitudes diferentes. Ella estaría envuelta en su echarpe de mohair que se ponía en las tardes, entibiándose las manos en el fogón de la chimenea o tocando una zarabanda en el clavicordio lila, mientras yo veía danzar las gaviotas sobre un cielo estival.

Mi padre se acercó a saludarnos, abrazándonos con emoción.

—Ha sido un viaje increíble, Manuel —dijo mi madre, adelantando en breves frases lo que había sido nuestra experiencia. Y sentí que aquellas palabras eran como las piedras preciosas que sacamos del fondo del mar. Una vez fuera, pierden su brillo. Y su misterio. Así, aquellas peripecias que trataba de sintetizar en aturdidas palabras, perdían su valor y no lograban traducir la aventura que en realidad habíamos vivido.

Al llegar a casa, salieron a recibirnos tío Constante y los empleados de la tostaduría, que ayudaron a subir el equipaje. Habían pintado el letrero de *La Leona de Castilla* con letras sombreadas. Las vitrinas estaban decoradas de otra manera, con papel de aluminio sobre el que dispusieron cajas de galletas *Fraymann,* y platillos con ají de color, arvejas secas, harina tostada, garbanzos pelados y lentejas. En el medio habían puesto al muñeco mecánico Caifás que se reía cuando le daban cuerda.

—Bienvenidos otra vez a la casa —dijo mi padre con su aire permanentemente jovial.

154

Y mientras subíamos por aquellas escaleras, yo examinaba otra vez mi casa, reconociendo su perfume y su penumbra, pero sintiéndome ajeno, como si fuera otro el que regresaba. Había vivido allí casi quince años y apenas me ausenté veinte días. Sin embargo, aquel hogar me pareció diferente o tal vez era yo el que había cambiado en ese tiempo de iniciación.

Mi padre estaba en la sala de música donde tocaba el violín, acomodando algunas artesanías que habíamos traído de recuerdo. Entonces fue que le pregunté si me había llegado alguna carta.

—No —me respondió desconcertado—. ¿De quién?

No le respondí. No hubiera sabido cómo hablarle de Elizabeth...

Aquella tarde llegaron unas amigas de mi madre a tomar el té. Querían saber cómo había sido el viaje por el estuario. Luego, al anochecer, vinieron sus esposos a buscarlas. La mayoría eran españoles, dueños de mercerías, ferreterías y depósitos de lanas. Mi padre, abajo, ya había cerrado la tostaduría y estaba conversando alegremente en el salón, en medio de aquellos recuerdos crepusculares de una España idealizada: panderetas desteñidas por el sol de Valparaíso, cuadros que representaban el acueducto de Segovia o el alcázar de Sevilla junto a una reproducción de una morena de Julio Romero de Torres tocando la guitarra.

Mi madre sirvió un amarillo licor espeso y almendras garrapiñadas de las que restaban de su reciente visita a España. En otros platitos dispuso aceitunas sevillanas y chorizo en tajadas del que hacían con pimentón en Fermoselle, con ese sabor característico, un poco ahumado.

—Fue increíble la travesía del estuario, Fernanda. Una verdadera aventura. Todavía no lo podemos creer. Una verdadera aventura.

Mi padre puso en el gramófono los discos de Juanito Valderrama que estaban de moda en España y que mi madre había traído como primicia en el baúl metálico. Aunque muchos de ellos ya los conocíamos a través de la *Audición del Buen Provecho* que escuchábamos todas las tardes —como *El Emigrante,* que hacía llorar a mi padre—, era agradable y nostálgico oírlos de nuevo: *Falsa moneda, Coplas del Almendro, Me da miedo la luna, Los piconeros, En tierra extraña...* Este pasodoble cantado por Conchita Piquer siempre emocionaba a mamá.

Yo me refugié en mi habitación con Bernardino Llamazales, hijo de asturianos de la panadería *La Covadonga.* Bernardino estaba en el colegio San Pedro Nolasco y tenía tres años más que yo. No éramos demasiado amigos, pero con frecuencia nos veíamos en casas de españoles a causa de que nuestras respectivas madres habían intimado en las reuniones de la Sociedad de Damas de Comercio Español Minorista de Valparaíso.

Yo sabía que Bernardino coleccionaba monedas. Siempre lo veía comprando o intercambiando «piezas únicas» en el pasaje del teatro Condell donde existía una tiendecilla de numismática y filatelia atendida por un señor llamativamente pálido. Por eso me atreví a mostrarle el medio real de plata que me había regalado mi amigo Martín en el estuario, considerando que era un iniciado.

—No tiene valor alguno —me dijo con aire despreciativo—. Las verdaderas monedas españolas antiguas que valen son las del tiempo de Carlos III. De éstas hay miles en Valparaíso.

Yo guardé mi moneda sin decir nada en la misma caja con candado donde guardaba el pequeño libro en miniatura con cadena de oro de Celestino Montes de Oca y el retrato enmarcado con el rostro misterioso de la querida reina Elizabeth que, desde el fondo, antes de cerrar la caja, me enviaba siempre una sonrisa.

Los días volvieron a transcurrir monótonos. Tiempo de otoño en las calles del viejo puerto con el redoble de los tambores de las bandas escolares y el pitido de los trenes que salían del puerto. A veces llegaba una bocanada de café tostado. Otras, el aroma salino del mar o la fragancia azucarada de las glicinas tempranas en el jardín de la fuente.

Yo no sentía deseos de estudiar. Solamente deseaba escribirle cartas a Elizabeth. Muchas tardes me encerraba en mi habitación a redactarle misivas románticas en las que le detallaba mi vida, las canciones que había oído por radio o las que estaba sacando en guitarra, los libros que había leído: *El secreto de Wilhelm Storitz,* de Julio Verne, o un tomo de *Poesías selectas* del que entresacaba las *Rimas* de Gustavo Adolfo Bécquer que más me gustaban para adjuntárselas en hojas aparte.

Luego escribía el sobre cuidando de que la letra fuese lo suficientemente clara, no fuera a ser que no se entendiera y la carta se extraviase o llegase a otro pueblo del estuario. Incluso tenía el cuidado de meter el sobre cerrado en otro sobre para que la carta completa la tocaran solamente mis dedos y los suyos.

Pero los meses pasaban sin haber tenido nunca una respuesta. Allí pasaban los días en un angustioso compás de espera. Tal vez ahora que verdaderamente era el comienzo del invierno, no circulaban las cartas... Estarían rezagadas en la pulpería del cerro de la Ballena. Tal vez Martín no había ido a recoger la correspondencia. Quizás estaba enfermo o había barriales, acaso inundaciones que impedían a Elizabeth ir a dejarme las cartas escritas. Probablemente se acumularían en su escritorio esperando mejor clima, del mismo modo que las mías se acumulaban en el casillero de la pulpería de Las Lomas aguardando a que amainase. Un día vendría en que ambos recibiríamos nuestras noticias mutuas. Entonces la vida sería más bella...

Me encontraba en esas divagaciones cuando sonó el timbre. Me asomé por la ventana de mi cuarto y miré a través de los visillos. Allá abajo estaba el cartero. Bajé apresuradamente las escaleras con el corazón palpitante. Elizabeth me escribía. Era efectivamente una carta certificada. «Del estuario de Reloncaví», me dijo el cartero con una amable sonrisa cómplice. Firmé el libro y recogí la carta anhelante. No quise mirarla hasta no estar solo.

Cuando el cartero por fin se fue por la calle desierta, la miré. Era la carta para mi padre que habíamos despachado con Martín Imperio en la pulpería del pueblo aquella tarde milagrosa en que había aparecido la caja azul.

No perdí sin embargo la ilusión por escribirle nuevas cartas a Elizabeth, sin importarme que ninguna de las mías hubiese obtenido respuesta. Ahora le hablaba del invierno en el puerto, de nuestras lluvias con viento, del último temporal que había dejado varada una barcaza en los roquedales, de lo mucho que recordaba los días felices del estuario, de la vez que me cantó *La Torre de Huillinco* con voz bajita en el embarcadero, de las tardes en que me mostraba los árboles por sus nombres o me contaba con Martín la historia de los Baños de Sotomó o la leyenda del lago Chapo.

«Esta planta es el hinojo», me decía. «En latín se llama *Foeniculum Vulgare* y se lo dan en infusión a los niñitos recién nacidos. Esta otra es la ortiga y se usa para la circulación de la sangre, pero hay que tener cuidado al sacarla porque pica. Y ese árbol que ves allá es el ñirre»...

¡Cómo me gustaría pasear otra vez a caballo con ella, ir al salto del Petrohué, que era «la octava maravilla del mundo», o cruzar en bote hasta la caleta Bulnes! Un día iríamos a navegar por el lago Esmeralda hasta la isla y nos quedaríamos solos allá o bien iríamos a pasear tomados de la mano por las calles oscuras de Maillines escuchando a lo lejos un viejo acordeón de botones.

Yo iba a volver un día al estuario a reunirme con ella. Me llevaría a su cuarto para mostrarme sus libros, en los que había aprendido tanto del mundo. (Leía a Tolstoi y a Balzac. Y escribía poemas de Federico García Lorca en un cuaderno de pensamientos). O ¿por qué no venía ella a Valparaíso? Sería una oportunidad para conocer el puerto. Ella, que nunca había salido del estuario, que la ciudad más lejana que había conocido era Ancud, se alegraría con esta invitación. Yo podría mostrarle los cerros, llevarla a los viejos ascensores a ver la bahía desde los miradores victorianos. Podríamos ir a la Roca Oceánica de Con Con, a tomar el té al Café Riquet o a pasear en coches victorias a las playas de Viña del Mar. Le gustarían los jardines con flores tan distintas a las del estuario. Conocería las palmas reales del Valle del Salto, iríamos al parque El Salitre a darles de comer a los faisanes, escribiríamos poemas en nuestros cuadernos de hojas secas y tallaríamos nuestras iniciales en la corteza de los árboles...

Un día de primavera vi venir al cartero desde mi ventana, donde me situaba solo a meditar y a observar el movimiento del vecindario. Allí venía cojeando. ¡Era un cartero que tenía un defecto en la pierna! Alto, de lentes y de agradable aspecto, este hombre joven de pelo castaño dividido en dos necesitaba muletas y, sin embargo, estaba repartiendo cartas con su pierna enferma.

Apenas lo vi, tuve el presentimiento. Bajé las escaleras precipitadamente. Estaba solo en la casa. Mis padres se hallaban en la tostaduría. Mi madre solía ir a ayudar atendiendo la caja. Ya no participaba en las zarzuelas y se veía cada vez más lejana, como si ese viaje le hubiese quitado las ilusiones por vivir.

Yo esperé a que el cartero viniese acercándose, golpeando las aldabas de manos empuñadas, puerta por puerta, hasta nuestra mampara.

—Sí, Víctor Manuel. Es del estuario, pero no es para ti.

Preocupado, tomé la carta dirigida a mamá. No era certificada. Yo siempre se las certificaba a Elizabeth para tener la certeza de que llegarían a sus manos. Pero ésa era normal. Tampoco Elizabeth había escrito el sobre con aquella caligrafía impecable aprendida en las Monjas Inglesas, con las mayúsculas un poco mirando de lado. Aquella letra no parecía la suya. El remitente tampoco decía «E. Alarcón», sino «A. Alarcón». ¡La señora Agustina había escrito!

Apresuradamente bajé a la tostaduría. Estaba llena de gente comprando café en grano, polenta, chuchoca... Me

gustaba esa fragancia tibia del viejo almacén y los pequeños remolinos de cascarillas de cacao que se formaban
como mariposas revoloteando sobre los sacos abiertos.

Dentro de la urna de cristal, como Blanca Nieves se-
mimuerta junto a la caja registradora, oprimiendo teclas y
bajando una palanca que producía el sonido de una campanilla, estaba mi madre.

—Mamá, una carta para ti. Del estuario.

—Déjala arriba, Víctor Manuel. Hay mucha clientela.

—Mamá, ¡es del hotel London!

Mi madre me lanzó una mirada molesta del otro lado
del vidrio de la caja que tenía un círculo delante de su
boca. Era como si no quisiera saber nada de ese tiempo del
estuario, como si ese vidrio la separara del mundo.

—Espera un momento, Víctor Manuel. Estoy muy ocu-
pada.

Aguardé un momento en medio de los clientes. Mi padre estaba atendiendo el mostrador. Sacaba frascos de pa-
payas en almíbar y pesaba alpiste en cambuchos de papel
para los jilgueros de las vecinas.

El sonido de los motores de la bodega era atronador.
Yo, en el medio, veía bailar los corpúsculos de polvo en los
rayos de sol. Por fin, hubo un momento de tregua en que
el emporio quedó vacío.

Aprovechando el descanso, mi madre, en la caseta de
cristal, se ajustó los anteojos, rasgó el sobre, desdobló la
carta y empezó a leer. Yo escudriñaba su rostro, tratando
de adivinar sus sentimientos, que iban pasando por su semblante como las sombras veloces que se escurrían por el
techo de mi dormitorio por las noches, cuando por la calle
se deslizaban los tranvías. O como cuando subimos con
Elizabeth al segundo piso con el quinqué encendido y

nuestras sombras bailoteaban sobre los retratos de viejo abolengo. Pasaban fugaces la sorpresa, la incredulidad, el asombro, el desconcierto, el dolor, la preocupación, luego una dulce y nostálgica sonrisa...

Cuando terminó de leer aquella carta, me la extendió con una mirada de extrañeza y cariño. Se había transfigurado. Dentro de aquella caja, parecía una virgen en una caja de vidrio esmerilado.

—Es increíble —me dijo—. Lee tú mismo.

Yo no quise leerla allí, en medio de los clientes. Entré a la bodega, me abrí paso entre los sacos, subí por aquellas escaleras que comunicaban con el comedor y me senté en el sillón de felpa granate bajo la lámpara a leer aquella carta —que he conservado a través de los años— con noticias del estuario.

3 *Una carta del estuario*

Hotel London
Maillines, Estuario de Reloncaví, 7 noviembre 1949

Distinguida señora Estrella:

Quizás se sorprenda con esta carta, pero no puedo dejar de escribirle. Tengo una opresión muy honda y tal vez me desahogue si le cuento lo que ha ocurrido por acá, desde que ustedes estuvieron pasando unos días en nuestro hotel. Ya ve usted, no ha pasado todavía un año y la vida nos ha deparado grandes cambios. Ya lo decía yo que la muerte de mi comadre, la Berta Maturana, traería acontecimientos imprevistos en el estuario. Esto se veía venir y efectivamente ha sido así. Aquel mundo que usted conoció aquí, ya no existe más. Hemos sufrido mucho por todos estos sucesos, porque una se acostumbra a cierta clase de vida y luego ya, a esta edad, es más difícil adaptarse, ¿no le parece?

Querrá saber de Celestino Montes de Oca. Le cuento que él ya no está más con nosotros. Dios se lo llevó y acaso le perdonó. Yo siempre dije que era un buen hombre. Lo quería porque fue bueno cuando fue sacerdote aquí en el estuario. Claro que últimamente yo no lo veía. Más que nada por las murmuraciones de la gente y porque la casa me quedaba retirada de aquí. Usted sabe. Hay que cruzar en la barca a Las Perdices por el Vado de las Garzas y a mí me da miedo. Usted no sabe la cantidad de embarcaciones que han naufragado frente a mis ventanas en ese Vado.

Bueno, créame que en barca lo trajeron, señora Estrella, a la iglesita de Maillines que él mismo había arreglado cuando era cura párroco de acá...

Ahí le dijeron misa. Yo fui al funeral, créame, al final fuimos varios vecinos del estuario que lo recordaban después de todo con mucho cariño. Un ataque al corazón, dijeron. ¡Qué lástima! ¡Con lo que lo queríamos aquí en el estuario! En fin, era un hermoso día. Cosa rara siendo pleno mes de julio, pero ya sabe usted que el tiempo está cambiando. Todo por la Berta Maturana, ya lo decía yo. Estaban todas las tumbas florecidas en una plena primavera anticipada.

Y aquí voy a referirle algo que me sorprendió sobremanera. Sé que va a interesarle, porque en el momento mismo de la sepultación, ocurrió algo completamente insólito. Y es que cuando bajaron el ataúd a la tierra, se acercó la señora Olimpia Beltrán y, sin que nadie se lo esperara, sacó de debajo del poncho la caja azul que ustedes andaban trayendo. Yo la reconocí de inmediato. ¿Sabe? Yo nunca supe lo que contenía aquella caja. Siempre me quedé con esa preocupación. Para mí que la Berta Maturana hizo algún encantamiento allí. Pues bien. La Olimpia Beltrán —que para mí también es algo bruja— abrió la caja y vació el contenido sobre el ataúd de Celestino Montes de Oca.

Lo que cayó, señora Estrella, fue tierra. Nada más que tierra común y corriente. Yo no sé por qué hizo eso. Algún hechizo. Digo yo, porque para mí es que cumplía con un rito antiguo.

Quién sabe con qué estaría revuelta esa tierra. Yo no lo sé, ni qué significado tendría. La gente la miraba como si se hubiera vuelto loca, pero para mí que estaba haciendo brujería aprendida tal vez de la señora Fátima que en paz descanse, que ésa sí que era bruja mayor.

En fin, si le cuento todo esto es para que sepa lo que

164

ocurrió con Celestino Montes de Oca y con la caja que usted traía y con su contenido el día de los funerales. Tal vez usted sepa darle una mejor interpretación a este hecho.

También quiero contarle que Martín Imperio ya no está más con nosotros en el hotel. Ya sabe usted lo mucho que lo apreciábamos con mi marido. Para nosotros era como un hijo más. Formaba parte de nuestra familia. Fueron tantos años de ir a encender y apagar la Central Hidroeléctrica. ¿No le parece? Pero ahora pusieron una planta nueva automática y no lo necesitaron más. Estuvo muy angustiado. Para él, eso era su vida. No quería irse. Al final tomó el *Curacautín* una tarde de viento y se fue con sus maletas por el mismo estuario por donde se vino. No supimos más de él porque allá, en Puerto Montt, no tenía familia.

Muchas veces me pregunto dónde estará y por qué no nos escribió más. Tal vez se haya ido a manejar camiones a Cerro Sombrero o a lo del petróleo a Porvenir. No lo sé. Quería ir a aventurar allá. Pueda ser que algún día escriba porque es triste vivir sin saber el destino que han corrido los seres que un día quisimos, ¿no cree?

Por eso, todo es más duro aquí en el estuario, sin Martín y sin mi querida Elizabeth. La vida es más difícil, créame. Entre mi marido y yo, tenemos que llevar el hotel, claro que no vienen muchos pasajeros. Casi nadie, en realidad. Es que estamos tan lejos que la gente no viene, a menos que vengan por motivos muy especiales. Como ustedes, por ejemplo, o como George Crawley. Usted se preguntará quién es y yo se lo voy a decir...

Tal vez usted recuerde la última noche que estuvieron aquí conversando junto al fogón. Aquella noche tétrica en que golpearon la puerta. ¿Recuerda? Nosotros nunca pensamos que se trataba de un huésped... tan acostumbrados estábamos a que no viniesen clientes a nuestro hotel... y tan absortos como estábamos oyendo la historia de aquella caja azul y de cómo su hijo la recuperó al pie del Cerro de la Ballena.

Pues bien, aquel joven pasajero que llegó aquella noche en el *Curacautín,* era un inglés que venía viajando por los rincones más apartados de Sudamérica, de Panamá a Tierra del Fuego. Ya sabe usted cómo les gusta aventurarse por estas latitudes a ciertos europeos, principalmente ingleses, franceses y alemanes. En Puerto Montt supo de nuestro hotel y decidió aventurarse hasta aquí en busca de paisajes exóticos para fotografiar. Su meta era llegar hasta Upsuaia, en la Patagonia argentina. Caprichos de los europeos. Créame, señora Estrella, que en los años que vivo aquí, en Maillines, nunca he sentido el menor interés por visitar el polo sur. Supe de un canadiense que consagró su vida para venir a escalar un témpano de hielo a la Antártica y allí murió. Estaba escrito. Para que vea lo que son los destinos de los hombres...

En fin, el forastero se quedó muchos días, enamorado del paisaje del estuario. Elizabeth —ya sabe usted lo buena anfitriona que era— lo llevó a conocer los senderos del bosque, nombrándole todos los árboles... el coigüe, el arrayán, el maqui, el fuinque, el espino blanco y hasta el saúco, que dicen que es el árbol de las hadas... Ya sabe usted lo mucho que le gustaba la botánica del estuario. Había incluso elaborado artesanalmente unos trípticos explicativos de la zona con su flora con los que le enseñó al inglés los nombres científicos y populares de nuestra flora nativa. Ya sabe usted también lo apasionados que son los británicos por estas flores silvestres que, por verlas todos los días saliendo como maleza, uno no las toma en cuenta.

Pues bien, señora Estrella. Con tantas excursiones al estuario, paseos en bote, conversaciones en inglés para practicar el idioma, veladas en clavecín tocando *La Deslumbrante* de Couperin, George Crawley acabó enamorándose de esta flor exótica que era mi hija y la pidió en matrimonio.

Al comienzo, nosotros no lo vimos con buenos ojos. Imagínese, toda la vida aquí y de pronto nos anunciaba que se iba a ir lejos, al otro lado del océano y que tal vez nunca más íbamos a verla. Además, en sus treinta años, ella nunca tuvo novio. Por eso, cuando supo que Elizabeth se casaba con un huésped del hotel a siete días de conocerlo, la Catalina Cornamusa —que así se llama mi vecina— se desmayó aquí en la recepción. Los vecinos que la conocían de toda la vida la reprochaban. Pero después de todo y pensándolo bien, para nosotros, simples pescadores del estuario, era un privilegio que la pidiera un extranjero... ¡un inglés, señora Estrella! Ya lo decía yo que hacíamos bien en educar a nuestra Elizabeth en las Monjas Británicas de Puerto Montt.

Y ya lo decía ella que debíamos cambiar el nombre del hotel poniéndole «London»... ¡London! Era una palabra mágica. Lon-don, Lon-don... Sonaba como una campana encantada que estuviese llamando a alguien desde un lugar remoto. ¡Lon-don!... ¡Lon-don!... era también como la campana de un faro que guiase a los ingleses perdidos.

Ya lo decía ella también que debía cambiarse el nombre. El de Isabel nunca le gustó. Elizabeth, en cambio, era nombre de reina. De «su» reina. Yo no sé por qué la bauticé Isabel, pero estaba de Dios, pienso yo. Además, la estrella de cine más linda dicen que también se llama Elizabeth, aunque yo nunca haya ido al biógrafo [2] por no haberlo en Maillines, pero lo sé por unas revistas viejas que dejó mi niña. Taylor, creo que es el apellido.

Por eso, señora Estrella, aquello fue como algo premeditado por el destino. ¿O será que uno es arquitecto de su destino como decía mi abuelita Ana que en paz descanse? En este caso, mi niña se buscó su futuro y, sin embargo, puede decirse también que todo fue casual.

Créame. Nadie sabía quién era George Crawley hasta esa noche. Nadie sospechaba que, como en las novelas de amor, era de familia noble, que su padre era un lord de Queen's Crawley. En fin, la boda por el civil se efectuó en Puerto Montt, en medio de la lluvia, pero eso sí, todo fue muy emotivo y esa noche nos alojamos todos en el Hotel Pérez Rosales, invitados por el novio. Para qué le cuento. Nunca antes habíamos estado dentro de ese hotel. Solamente lo conocíamos por fotos. Nosotros tomábamos nota de todo, pero claro, nunca podremos competir con el Pérez Rosales.

Después regresamos a Maillines porque Elizabeth quería preparar su equipaje antes de partir definitivamente a Inglaterra a casarse por la iglesia. Por la iglesia anglicana, quiero decir, porque él es anglicano, claro que la niña no tuvo inconveniente alguno en cambiar de religión.

Finalmente se acordó el día de partida. Abraham Castro estaba emocionado... y dolorido en el fondo, porque siempre estuvo enamorado de la niña. Pero él mismo arregló con flores el *Curacautín* y lo cubrió de guirnaldas. Íbamos todos a bordo con la sirena sonando. De las laderas, los niños y las familias amigas nos hacían señas y gritaban

---

[2] Antigua denominación del cine en Chile.

«¡Viva la Elizabeth Alarcón!» como si fuese una reina. ¡Es que por fin lo era! Ella iba feliz, vestida con el traje de Reina Isabel que tanto le gustaba y que guardaba en el baúl con alcanfor, sabiendo que algún día iba a usarlo. Incluso hasta se llevó su clavicordio violeta e iba con su corona tocando *El Coloquio de las Musas* por el estuario.

George dijo que en Inglaterra podían encontrar mejores clavecines, pero ella se empecinó en llevárselo, al fin y al cabo, dijo que era recuerdo de la madre Edith.

Sí. Porque nadie pensó nunca. Ni siquiera mi madre que era meica en Quellín, que esta niñita terminaría viviendo en Queen's Crawley... que a todo esto, *Queen*, según nos explicó George, quiere decir precisamente «reina». ¿No le parece a usted que los niños del estuario siempre pensaron en que mi hija era definitivamente *queen*?

Bueno, señora Estrella, no voy a cansarla más con estas historias. Si algún día viene, le mostraré fotografías de la boda allá en Inglaterra. El traje de novia fue precioso, enteramente confeccionado en encaje de Chantilly. Los hombres parecían príncipes de cuentos de hadas, todos con trajes negros y clavel rojo al ojal. Mi hija se veía hermosísima entre ellos, una princesa morena de cuento europeo. Y para qué le digo nada de la casa, toda de piedra y cubierta de madreselva, de la misma que crece silvestre por acá. Se parece mucho a las que salían en los grabados que Elizabeth tenía en su salita de música. Es enorme, con dos chimeneas. Parece un museo. Y allá está mi hija encantada en su palacio, como en los cuentos, haciéndose entender perfectamente. Ya lo decía ella que un día iba a poder practicar su inglés.

¿Se imagina usted? Cuando nació mi hija Isabel, perdón, Elizabeth, en el estuario, una noche de tormenta, la

Berta Maturana, que estaba conmigo y que me asistió en el parto aquí en el hotel, le abrió la boquita a la niña recién nacida y me dijo: «Esta niña tiene marcada debajo de la lengua la Santa Cruz de Caravaca, señal segura de que algo extraordinario le va a ocurrir». Pero yo nunca pensé que esa niñita arropada en mantos chilotas iba a convertirse un día en la mujer de un lord inglés.

Son los destinos caprichosos y mágicos de la gente del estuario por donde pasa el Caleuche. Créame, señora, que es así y que siempre se han cumplido los designios de mi comadre, la Berta Maturana.

¿Y cómo está su hijo Víctor Manuel? Espero que haya crecido un poco más. Dígale por favor que Elizabeth recibió con sincera alegría sus primeras cartas y tarjetas postales, una de ellas, la primera, desde Puerto Montt con la cascada de Peulla. Como usted sabe, nada se pierde en el estuario, y aunque tarde, llegan las cosas a su destino. Ella siempre guardó con cariño y buenos recuerdos las cartas de su hijo, pero esos días, la verdad es que no tenía tiempo alguno de responderlas. Las otras cartas se las tengo guardadas yo. No se las he mandado tampoco porque no quiero causarle problemas con su marido, que ya habla un poco de castellano y puede encontrárselas.

Ahora que ella ha encontrado su estrella, señora Estrella, (o su astro) tiene que estar prevenida para que no se extinga su luz y esas cartas sorprendidas puedan ponerla en peligro.

Pero dígale a su hijo que no se preocupe. Un día llegará en que Elizabeth vuelva al estuario. Tal vez en un año o en dos, tal vez en tres, no lo sé, pero sé que volverá porque siempre vuelven a su patria, por una razón u otra, los que la han dejado.

Claro que ella volverá, no para quedarse, sino de visita solamente. Usted sabe lo mucho que a ella le gustaba por acá. Además, antes de marcharse, siguiendo una costumbre muy sureña de Punta Arenas, comió el fruto del calafate que por aquí se da bajo de los matorrales, y quien lo come, regresa siempre al lugar donde lo ha comido. Pues bien, ella lo comió antes de subirse al *Queen Anne* que fue el trasantlático donde embarcó para irse a Inglaterra, aquí en Puerto Montt..., un barco que también tenía nombre de reina. Y también lo comió mi yerno, George Crawley. ¡Quién lo diría! En fin, ella volverá de vacaciones, claro, con su esposo y sus hijos, que serán tan distintos a los niños de rasgos indígenas de facciones tehuelches que viven en el estuario, pero en el fondo, tendrán sangre de acá y estoy segura, más de algún atisbo de niño de las quebradas de Maichín.

Sí. Yo sé que ella volverá y que en el fondo extraña el viejo hotel. Para entonces, yo la llamaré a mi cuarto. Y cuando estemos las dos solas, en la más completa seguridad de que George esté en el fondo del bosque o en el canal pescando truchas, yo le entregaré las cartas de Víctor Manuel que guardo celosamente en el cajón con llave de mi cómoda en una caja de caramelos donde atesoro también un libro para ver la suerte y unos poemas que escribía cuando joven.

Ella leerá esas cartas y recordará los días del estuario, cuando estuvieron aquí, intrigados por el misterio de aquella caja azul. Y bien. Voy a dejarla ahora, rogándole que nos escriba de vez en cuando. Déle saludos a su hijo, a quien recordamos a menudo con mi esposo. Reciba entretanto los cariñosos saludos de su amiga sureña:

Agustina María Caviedes de Alarcón.

Doblé las hojas lentamente con un extraño sentimiento. Afuera pasaban los tranvías... Se escuchaban sus timbres eléctricos y luego, nítidas, las campanas de una iglesia. Después, el silencio otra vez. Cerré los ojos, sintiendo intensamente la oscuridad y el sueño. Luego, sentí pasos en la vereda. Eran los empleados que cerraban con estrépito las cortinas metálicas de la tostaduría. Después, otra vez el silencio precursor. Al cabo de unos instantes, la tapa del piso del comedor se levantó como en un truco y por ese cuadrado imperfecto, disimulado junto a la alfombra, subieron mis padres como surgiendo de una caja mágica, sonrientes, pero con los rostros cansados.

—Víctor Manuel, ¿leíste la carta?

—Sí, mamá.

Me levanté y me fui al dormitorio. Ahora, mi padre tomó el violín y ensayó su *Minué,* de Bocherini. Era el mismo que tocaba Elizabeth en el clavicordio del estuario y que tal vez tocaría en ese momento en un remoto castillo de Inglaterra.

Sentí una gran tristeza. Allí, en el cajón de la mesita de noche, estaba el estuche con su candado. Lo abrí y saqué del fondo el medio real de plata con la efigie de Fernando VII... «Guárdalo como recuerdo de tus días en el estuario y de nuestro viaje a caballo a Las Lomas»... Luego me puse al cuello el códice con las letras góticas que me había dejado de recuerdo Celestino Montes de Oca... Sí, allá al fondo de la caja estaba sonriéndome Elizabeth tocando las notas metálicas en el clavicordio violeta de la madre Edith. Y mientras miraba el retrato, sentí las lágrimas transparentes de ese «minuto azul del sentimiento», como ella había escrito en su cuaderno de pensamientos.

Pero no eran lágrimas desencantadas, sino dulcemente

nostálgicas porque sabía que un día, el día menos pensado, en un año o dos, tal vez en tres o más, como aseguraba la señora Agustina en aquella carta, Elizabeth volvería al estuario y entonces, una tarde cualquiera en que ella tuviese la seguridad de estar sola, sin el lord en su cuarto, rodeada de los cuadros que tanto amó, ella iba a leer mis cartas...

Y si no viniera nunca, nunca más, no importaba. Yo iba a volver a Maillines, naturalmente, dentro de cinco años o seis. Tal vez dentro de diez o veinte. Algún día iba a volver a recordar. Haría la misma travesía en el *Curacautín* con Abraham Castro, que iba a estar un poco más viejo. Me alojaría desde luego en el mismo hotel con unas cuantas hojas de papel en blanco, un frasco de tinta y una rosa al frente. Con la señora Agustina conseguiría la dirección exacta para escribirle a Elizabeth. Entonces le enviaría desde Maillines largas cartas románticas recordatorias con pétalos de flores secas. Y tal vez, tal vez..., le mandaría con alguien que viajara a Inglaterra una caja envuelta en fino papel azul con un puñado de tierra del estuario.

Índice